人猿泰山全译精编插画系列（全25种）

人猿泰山
之
神秘豹人

[美国] 埃德加·赖斯·巴勒斯/著

陶乃侃/译

Tarzan and the leopard men
by Edgar Rice Burroughs

图书在版编目（CIP）数据

人猿泰山之神秘豹人／（美）埃德加·赖斯·巴勒斯著；陶乃侃译． -- 上海：上海文艺出版社，2018
（人猿泰山全译精编插画系列）
ISBN 978-7-5321-6863-7

Ⅰ．①人… Ⅱ．①埃… ②陶… Ⅲ．①长篇小说-美国-现代 Ⅳ．①I712.45

中国版本图书馆CIP数据核字(2018)第202830号

书　　名：人猿泰山之神秘豹人
著　　者：[美]埃德加·赖斯·巴勒斯
译　　者：陶乃侃
责任编辑：田　芳
装帧设计：周　睿
责任督印：张　凯

出　版：上海文艺出版社
出　品：上海故事会文化传媒有限公司
　　　　（200020　上海市绍兴路74号　www.storychina.cn）
发　行：上海文艺出版社发行中心
　　　　（上海市绍兴路50号）
印　刷：上海中华印刷有限公司
开　本：889毫米×1194毫米　1/32　印张7
版　次：2018年11月第1版　2018年11月第1次印刷
ＩＳＢＮ：978-7-5321-6863-7/I·5475
定　价：25.00元

版权所有·不准翻印

上海故事会文化传媒有限公司　出品（00810）www.storychina.cn

上海故事会文化传媒有限公司所有图书可办理邮购，免收邮费（挂号除外）
汇款地址：上海市绍兴路74号(200020)，　收款人：上海文艺出版社出版发行部
联系电话：021-64338113
如发现本书有质量问题，请与印刷厂质量科联系　T:021-60829062

人猿泰山全译精编插画系列（全25种）
编委会

总策划：夏一鸣

主　编：黄禄善

副主编：高　健

编辑成员

（按姓氏笔画为序排列）

田　芳　朱鋆滢　李震宇　张雅君

胡　捷　夏一鸣　高　健　黄禄善　詹明瑜　蔡美凤

百年文学经典 文化传播之最
人猿泰山驰骋的奇幻世界

黄禄善

美国文学史上不乏这样的作家：他们生前得不到学术界承认，死后多年也不为批评家看好，然而他们却写出了最受欢迎的作品，享有最大范围的读者。本书作者埃德加·赖斯·巴勒斯即是这样一位作家。自1912年至1950年，他一共出版了一百多本书，这些书涉及多个通俗小说门类，而且十分畅销，其中不少被译成多种文字，在世界各地广为流传。当代科幻小说大师亚瑟·克拉克曾如此表达对他的敬仰："埃德加·赖斯·巴勒斯具有重要地位。是巴勒斯，激起了我的创作兴趣。"另一位著名通俗小说家雷·布莱德伯利也说："埃德加·赖斯·巴勒斯也许可以称为世界历史上最有影响力的作家。"然而，正是这个被众人交口称誉的作家，对前来采访的记者说："我不认为我的作品是'文学'。"而且，面对众多书迷的"如何走上文学道路"的提问，他也只是轻描淡写地回答："那是因为我需要钱。我35岁时，生活中的一切尝试都宣告失败，只好开始搞创作。"

确实，埃德加·赖斯·巴勒斯在从事文学创作前，有过一段十分坎坷的生活经历。他于1875年9月1日出生在美国芝加哥，父亲是南北战争期间入伍的老兵，后退役经商。儿时的巴勒斯对未来充满了幻想，曾对人夸口说父亲是中国皇帝的军事顾问，自己住在北京紫禁城，并在那里一直待到10岁才回国。但是，后来的事实表明，这一良好愿望只不过是一团泡影。从密歇根军事学院毕业后，他在美国骑兵部队服役，不久即为谋生四处奔波。他先后尝试了许多工作，包括警察和推销商，但均不成功。1900年，他和青梅竹马的女友结婚，之后两人育有两儿一女。接下来的日子，埃德加·赖斯·巴勒斯是在贫困中度过的。为了养家糊口,他开始替通俗小说杂志撰稿。他的第一部小说《在火星的卫星下》于1912年分六集在《故事大观》连载。这部小说即刻获得了成功,为他赢得了初步的声誉。同年,他又在《故事大观》推出了第二部小说,亦即首部"泰山"小说。这部小说获得了更大成功。从此,他名声大振,稿约不断,平均每年出版数部书。第二次世界大战期间,他以66岁的高龄奔赴南太平洋,当了战地记者。1950年3月19日,埃德加·赖斯·巴勒斯因心力衰竭在美国逝世。

埃德加·赖斯·巴勒斯是美国文学史上第一个重要的通俗小说家。他一生所创作的通俗小说主要有四大系列。第一个是"火星系列",包括《火星公主》《火星众神》和《火星军魁》。该"三部曲"主要讲述一位能超越死亡界限、神秘莫测的地球人约翰·卡特在火星上的种种冒险经历。第二个系列为"佩鲁塞塔历险记",共有七部。开首是《在地心里》,以后各部依次是《佩鲁塞塔》《佩鲁塞塔的塔纳》《泰山在地心里》《返回石器时代》《恐惧之地》《野蛮的佩鲁塞塔》,主要讲述主人公佩鲁塞塔在钻探地下矿藏时,不小心将地壳钻穿,并惊讶地发现地球核心像一个空心葫芦,那里住着许多原始人,还有许多古生动物和植物。1932年,《宝库》杂志开始连载埃德加·赖斯·巴勒斯的第三个系列,也即"金星系列"的首部小说《金星上的海盗》。该小说由"火星系列"衍生而出,但情节编排完全不同。主人公卡森·内皮尔生在印度,由一位年迈的神秘主义者抚养成人,并被教给各种魔法,由此开始了金星上的冒险经历。该系列的其余三部小说是《金星上的迷失》《金星上的卡森》和《金星上的逃脱》。第五部已经动笔,但因"二战"爆发而搁浅。

尽管埃德加·赖斯·巴勒斯的"火星系列""佩鲁塞塔历险记"和"金星系列"奠定了他的美国早期重要通俗小说作家的地位,但他成就最大、影响也最大的是第四个系列,也即"人猿泰山系列"。该系列始于1912年的《传奇诞生》，终于1947年的《落难军团》，外加去世后出版的《不速之客》，以及根据遗稿整理的《黄金迷城》，总共有25种之多。中心人物泰山是一个英国贵族后裔，幼年失去双亲，由母猿卡拉抚养长大。少年泰山不仅学会了在西非原始森林的生存本领，还具有人类特有的聪慧。凭着这一人类特性，他懂得利用工具猎取食物，并从生父遗留下来的看图识字课本上认识了不少英文词汇。随着时光流逝，他邂逅美国探险家的女儿简·波特，于是生活发生急剧变化，平添了无数波折。接下来的《英雄归来》《孤岛求生》等续集中，泰山已与简·波特结合，生了一个儿子，并依靠巨猿和大象的帮助，成了林中之王，又通过一个非洲巫师的秘方，获取了长生不老之术。再后来，在《绝地反击》《智斗恐龙》《真假狮人》《神秘豹人》等续集中，这位英雄开始了种种令人惊叹的冒险，足迹遍及整个西非原始森林、湮没的大陆。

　　从小说类型看，"人猿泰山系列"当属奇幻小说。西方最早的奇幻小说为英雄奇幻小说，这类小说发端于古希腊荷马史诗《伊利亚特》和《奥德赛》，成形于19世纪末英国小说家威廉·莫里斯的《世界那边的森林》，其主要模式是表现单个或群体男性主人公在奇幻世界的冒险经历。他们多为传奇式人物，有的出身卑微，必须经过一番奋斗才能赢得下属的尊敬；有的是落难王子，必须经过一番曲折才能恢复原有的地位。在冒险中，他们往往会遭遇各种超自然邪恶势力，但经过激烈较量，正义战胜邪恶，一切以美好告终。人猿泰山显然属于"落难王子"型主人公。他本属英国贵族后裔，却无端降生在无名孤岛，并险些丧命。在人迹罕至的西非原始森林，他与野兽为伍，经历了难以想象的生存危机。终于，他一天天长大，先后战胜大猩猩和狮子，又打死猿王克查科，并最终成为身强力壮、智慧超群的丛林之王。值得注意的是，埃德加·赖斯·巴勒斯在描写人猿泰山的这些经历时，并没有简单地套用英雄奇幻小说的模式，而是融入了自己的创

3

造。一方面,他删去了"魔法""仙女""精灵"等超自然因素;另一方面,又增加了较多的现实主义成分。人们在阅读故事时,并不觉得是在虚无缥缈的奇幻天地漫步,而是仿佛置身栩栩如生的现实主义世界。正因为如此,"人猿泰山系列"比一般的纯英雄奇幻小说显得更生动、更令人震撼。

毋庸置疑,人猿泰山驰骋的奇幻世界是"人猿泰山系列"的又一大亮点。在构筑这一虚拟背景时,埃德加·赖斯·巴勒斯显然借鉴了亨利·哈格德的创作手法。亨利·哈格德是19世纪英国著名小说家,自80年代中期起,他根据自己在非洲的探险经历,创作了一系列以"遗忘的年代,湮没的城市"为特征的奇幻作品。譬如《所罗门王的宝藏》,述说一个名叫阿兰的猎手在两千多年前的奇幻王国觅宝,几经曲折,终遂心愿。又如《她》,主人公是非洲一个奇幻原始部落的女统治者,她精通巫术,具有铁的统治手腕,但对爱情的执着酿成了她一生最大的悲剧。"人猿泰山系列"的故事场景设置在人迹罕至的原始森林,在那里,虎啸猿鸣,弱肉强食,险象环生。正是在这一极端恶劣的环境中,泰山进行了种种惊心动魄的冒险。在后来的续篇中,埃德加·赖斯·巴勒斯还让泰山的足迹走出西非原始森林,到了传说中的亚特兰蒂斯、废弃的亚马逊古城,甚至神秘的太平洋玛雅群岛。所有这些埃德加·赖斯·巴勒斯笔下的荒岛僻壤,与《所罗门王的宝藏》《她》中"遗忘的年代,湮没的城市"如出一辙。

如果说,亨利·哈格德的"遗忘的年代,湮没的城市"给"人猿泰山系列"提供了诡奇的故事场景,那么给这个场景输血补液的则是西方脍炙人口的动物小说。据埃德加·赖斯·巴勒斯的传记,儿时的他曾因体弱多病辍学,并由此阅读了大量西方文学著作,尤其是鲁德亚德·吉卜林的《丛林故事》、欧内斯特·西顿的《野生动物集》、杰克·伦敦的《野性的呼唤》。这些小说集动物故事、探险故事、寓言故事、爱情故事、神秘故事于一体,给埃德加·赖斯·巴勒斯以深刻印象。事实上,他在出道之前,为了给自己的侄儿、侄女逗乐,还写了一些类似的童话故事,其中一篇还在《黑马连环漫画》上刊登。西方动物小说所表现的是达尔文和斯宾塞的"物竞天择""适者生存",体现了自然主义创作观。以杰克·伦敦的《野性的呼唤》为例,主要角色布克原是法官的看家狗,过着养尊处优的生活。但有一天,它被盗卖,并辗转来到冰天雪地的阿拉斯加,当起了运输工具。在那里,布克感到自然法则无处不在:狗像狼一般争斗,死亡者立刻被同类吃掉。但它很快学会了生存,原始的野性和狡诈开始显现,并咬死了凶残的领头狗,最终为主人复仇,加入了荒野的狼群。"人猿泰山系列"尽管将"弱肉强食"的雪橇狗变换成了虎、狮、猿以及由猿抚养长大的泰山,但这些巨猿、半人半兽之间的殊死争斗同样表现出"生存斗争"的残忍。特别是泰山攀山越岭、腾掠树梢,战胜对手后仰天发出的一声长啸,同杰克·伦敦笔下布克回到河边纪念它的恩主被射杀时的长嚎简直有异曲同工之妙。

鉴于"人猿泰山系列"成书之前曾在《故事大观》《宝库》等杂志连载,不可避免地带有杂志文学的某些缺陷,如情节雷同、形象单调,等等。历来的文论家正是根据这些否定"人猿泰山"的文学价值,否定埃德加·赖斯·巴勒斯的文学地位。但"二战"以后,尤其是20世纪70年代之后,随着西方通俗文化热的兴起,学术界对于"泰山"小说的看法有了转变,许多研究者都给予积极评价,肯定埃德加·赖斯·巴勒斯的美国奇幻小说鼻祖地位。而且,"读者接受"是评价一部作品的最佳试金石。"人猿泰山系列"刚一问世,即征服了美国无数读者,不久又迅速跨出国界,流向英国、加拿大和整个西方。尤其在芬兰,读者简直到了如痴如醉的地步。一本本英文原著被译成芬兰语,一版再版,很快取代其他本土小说,成为最佳畅销书。更有甚者,许多西方作家,包括芬兰、阿根廷、以色列以及部分阿拉伯国家的作家,在埃德加·赖斯·巴勒斯去世后，模拟他的套路，创作起了这样那样的"后泰山小说"。世纪之交，埃德加·赖斯·巴勒斯的"人猿泰山系列"再度在西方发酵，以劳雷尔·汉密尔顿、尼尔·盖曼、乔·凯罗琳为代表的一大批作家，基于他的"泰山"小说模式，并结合其他通俗小说要素，推出了许多新时代的奇幻小说——城市奇幻小说，并创造了这类小说连续数年高踞《纽约时报》畅销书排行榜的奇观。而且，自1918年起，"泰山"小说即被搬上银幕。以后随着续集的不断问世，每年都有新的"泰山"影片上映和电视剧播放，所改编的影视版本之多，持续时间之长，观众场面之火爆，创西方影视传播界之"最"。2016年，华纳兄弟影业又推出了由大卫·叶茨导演、亚历山大·斯卡斯加德等众多知名演员加盟的真人3D版好莱坞大片《泰山归来：险战丛林》。21世纪头十年，伴随迪士尼同名舞台剧和故事软件的开发，"泰山"游戏又迅速占领电脑虚拟世界，成为风靡全球的少年儿童宠爱对象。此外，西方各国还有形形色色的"泰山"广播剧、"泰山"动漫、"泰山"玩偶，等等。总之，今天的"泰山"早已超出了一个普通小说人物概念，成了西方社会的一种文化符号、一种文化象征。

优秀的文化遗产是不分国界的。为了帮助中国广大读者欣赏埃德加·赖斯·巴勒斯、读懂埃德加·赖斯·巴勒斯，了解当今风靡整个西方的奇幻小说的先驱，上海故事会文化传媒有限公司组织翻译了这套"人猿泰山系列"，这也将是国内第一套完整的"人猿泰山系列"。译者多为沪上高校翻译专业教师，翻译时力求原汁原味、文字流畅，与此同时，予以精编、插画。相信他们的努力会得到认可。

目　录

前言	人猿泰山驰骋的奇幻世界	1
1	暴风雨	001
2	猎人	007
3	会说话的死人	019
4	巫师索比托	030
5	"不可理喻的莽汉"	043
6	叛徒	053
7	俘虏	063
8	揭露叛变	072
9	豹神	079
10	祭司睡着的时候	092
11	战斗	105
12	祭品	113
13	大河下游	120
14	索比托回村	129
15	小人们	136

16	暗示	144
17	发怒的狮子	150
18	夜里射出的箭镞	158
19	"妖魔来了！"	165
20	"我恨你！"	174
21	尼涩尼在恋爱	185
22	身处险境	192
23	汇合的小路	204

人物介绍

泰山：执行任务时失忆，获救后随奥兰多出征豹人部落。

内其马：小猴，陪伴在泰山身边的伙伴。

凯丽：独闯非洲腹地寻弟，先后落入豹人、波伯罗、小人族之手，受尽磨难。

奥兰多：图姆拜村酋长罗本戈之子，救助泰山，两人一起寻觅豹人部落复仇。

索比托：身兼尤腾伽部落巫师和豹人部落祭司，自命不凡，对泰山有敌意。

"老前辈"：美国人，大象偷猎者，偶遇凯丽，对她一见钟情。

"小伙"："老前辈"的同伴，真名杰瑞·杰罗姆，是凯丽要寻找的弟弟。

加托·姆贡古：豹人部落大酋长，邪恶势力远在其他部落酋长之上。

波伯罗：土著酋长，也是豹人，与"老前辈"有交往。

Chapter 1

暴风雨

苍蝇鼓起肚子随风飞高,"嗡嗡"地叮咬着帐篷布顶。没有拴住的帐篷布帘在风中疯狂地抽打,紧紧拴在柱桩上的帐篷拉绳发出"咯吱咯吱"的响声。然而,在这越演越烈的混乱中,那个躺在折叠床上熟睡的女子并没完全醒过来,因为在闷热的莽林中单调的长途跋涉早使她筋疲力尽。自从她在那个阴暗的黄昏离开那个铁路岔口以来,每天过的都是这样可怕和遭罪的日子,如今看来那个黯淡的过去似乎已变成眼下这无休无止煎熬的开端。

随着她日益适应这艰难的环境,她在体力上也许并没有以前消耗得那么多。但自从她意识到那些土著士兵愈来愈不听从命令,而他们却是这次考虑仓促、组织欠妥的野外旅行中她唯一的伙伴,精神压力便逐渐开始消耗她的精力。

她年轻、苗条,习惯于体力透支不大的运动:打一场高尔夫球,打几局网球,或者清晨在风景宜人的山坡上慢跑。她在对这次旅行的艰苦和危险毫无概念的情况下，便踏上了疯狂冒险的旅程。几乎从第一天起，她就认定自己的耐力承受不了旅行所需的沉重付出，而她较为理智的判断也在敦促她趁早回返，但她还是顽强地或许固执地不断前进，在这严酷的莽林中越陷越深，实际上她对自己走出莽林早已不抱希望。对如此一场探险旅行也许她体力不能胜任，但即使是圆桌骑士，也不敢自诩有比她更顽强的意志。

令她前往的事因肯定非常迫切，否则她又有什么必要离开奢侈而安逸的生活轨道，而深入原始森林，经历这危机四伏、暴露荒野的生活？既然此时她认定自己唯一逃生的机会是回返，还有什么不可控制的欲望阻止她保护自己的权力？她究竟为何而来？不是来打猎，她只有急需食物迫不得已才杀生；也不是来拍摄非洲腹地的野生动物，她连照相机都没有；更不是因为什么科学研究的兴趣，如果她有什么科研兴趣的话，那也是专注于化妆品的范畴。但是现在面对炽烈的赤道太阳，在一群完全由西非人组成的观众面前，这一兴趣已经淡化，丧失殆尽。那么，这个谜仍然是个谜，就像她那双灰色眼睛，深不可测。

森林屈服于风神的重手，乌云遮黑天空，莽林中各种声音戛然而止，甚至最野蛮的野兽也不敢贸然吼叫。只有风掠过野火，突然迸发出火焰，时有时无，间歇地照亮营地，把平庸的辎重映照成一些稀奇古怪的影子，四散在地上，不停地乱舞。

非洲士兵独自一人，昏昏欲睡，用背顶住越刮越猛的大风，心不在焉地站岗。除他以外，营地的人都睡着了，但还另有一人——一个粗壮高大的土著人，正蹑手蹑脚地潜进那熟睡女子的帐篷。

突然，暴风雨大发雷霆，劈打蜷伏的森林。电光闪亮，雷霆大怒，轰隆隆翻滚，一阵接一阵。暴雨很快劈了下来，起先是大水珠，随后是风速般的雨帘包裹了整个营地。

即使是筋疲力尽的酣睡也阻挡不了造物主这最后的一击，女子醒了，在炫目的闪电几乎不间歇的闪照中，她看见一个男人进入自己的帐篷，并立刻认出他来，因为头人葛拉多那高大粗壮的身材是不易被认错的。女子手肘一撑抬起身来。

"出什么事了吗，葛拉多？"她问道，"你要干什么？"

"你，凯丽主人……"葛拉多嗓音沙哑地回了一句。

麻烦终于来了！两天以来她一直在担心，在畏惧这个麻烦，她的畏惧是由头人对她的态度改变而引起的——这种改变同时淡淡地反映在其他土著士兵的脸上，对她的命令报以蔑视，也反映在她逐渐熟悉的他们的言行中。此时她从头人的眼睛里又看到了蔑视。

她从床旁一个皮枪套里抽出一支左轮手枪，说："出去！不然我就杀了你！"

头人一言不发地扑向她。她开了一枪。

暴风雨从西吹到东，在森林中斩倒一大片树木。暴风雨所过之处，遍地残留着折断的树枝、纠缠的枝条，还有连根拔起的大树。暴风雨急速地前进，把女子的营地远远地抛在后面。

黑暗中有一个人蹲伏在一棵大树的树荫下，靠着苍老的树干躲避暴风的盛怒。他的一只手臂下蜷伏着一个什么，紧贴他赤裸的身体取暖。他不时地对它说几句话，还用手抚摸它几下。他温柔的关怀暗示那也许是个孩子，但不是，那是一只弱小的猴子，投生在一个遍布强大凶猛野兽的世界，几乎所有野兽都有饕餮它身上嫩肉的嗜好，作为一个弱者，它的活动早已简化成一连串边尖叫边飞快的跳跃，无论是逃离真正的还是想象的危险。

然而，小猴的灵巧传递出某种镇定的勇气，面临伤害它身体的敌人，经验已经教会它轻而易举地逃避。但是面对大风、闪电以及霹雳这些无人能逃避的力量，让小猴的恐惧无以复加。虽然小猴曾在主人双臂的安全保护下经常把轻蔑甩到狮子的脸上，但现在即使是主人那强大手臂的保护也仅传递给它几分安全的感觉。

每刮一阵狂风，小猴退缩一下；每闪一道雷电，它退缩一下；每打一个惊人的爆雷，它退缩一下。突然，暴风雨之怒发作至其巨大威力的巅峰，从小猴和主人躲避的大树根处传来一阵莽林族长那古老木质折断的声音。当那大树断裂，连带附近五六棵树一起倒地时，主人像猫一样，一下跳到树的另一边。在他跳开的一瞬间，随手把小猴一抛，避开了大树的一根枝杈。但他本人却没有那么幸运，一根伸开的枝杈重重地砸在他头上，把他压在了地上。

小猴痛苦地呻吟着，畏惧得蜷成一团，而暴风雨似乎在此地肆意施虐已毕，逐渐向东转移，去完成新的征服。小猴感觉暴风雨已经离开，怯生生地爬出来寻找自己的主人，悲哀地呼唤着。树林里一片漆黑，小猴只能看到离敏感的大鼻子几英寸的地方。主人没有应答，这让小猴充满不祥预兆的疑虑，过了一会儿，小猴发现主人被压在树下，无声无息。

尼安韦吉已经成为吉布村那些草顶小屋里聚会的中心人物，他离开自己居住的图姆拜村到吉布村去追求一个皮肤黝黑的美女。他那身服装很明显很时髦，这迎合了他的虚荣心。他说话风趣、个性鲜明，在年轻伙伴面前嬉戏跳跃、自吹自擂，给他们留下了深刻的印象。但他完全忽视了时间的流逝，直到赤道的黑夜悄然降临，他才意识到因为逗留太晚，超过了能让他考虑个人安危的时间。

吉布村与图姆拜村相距几英里，其间有一片阴森可怕的森林。

黑夜使这几英里路充满危险，对尼安韦吉来说，最小的危险都是最真实的，包括死去的敌人的鬼魂和无数妖魔——它们主宰人类的命运，但通常都居心险恶。

他宁愿像他的情人建议的那样留在吉布村过夜，但是有一个不同寻常的原因使他不能那样做。这个原因比情人的甜言蜜语、恐怖的黑夜莽林更加威力巨大，那就是当图姆拜村的巫师发现尼安韦吉想要在吉布村过夜时，便在他身上施加了禁忌符咒。若是花点钱，这个禁忌符咒便可以揭掉。虽然这是一个强加的而非意在惩罚罪行的行为，但是教堂也得存活——这在非洲跟其他地方一样。悲剧在于尼安韦吉并没有钱，悲剧也就成了真正的悲剧。

他揣摩他的情人是否值得他冒险，然而他最终认定她不值得。

这个年轻武士迈着轻快的步伐沿熟悉的小路向图姆拜村走去，他轻松地扛着自己的长矛和盾牌，屁股上晃荡着一把沉重的短刀。但是这样的武器有什么威力对抗黑夜的妖魔？他不时地伸手摸一下挂在脖子上的护身符，并向他的木子莫——自己继承姓氏的祖先的灵魂，祈祷保佑。

尼安韦吉才走出吉布村一英里就被暴风雨撵上。起先他急着赶回图姆拜村，又畏惧黑夜，便不顾暴风雨的鞭笞不停地赶路。但最后他还是被迫在一棵巨大的树下找个地方躲避，直到暴风雨平息了盛怒。虽然雷电仍在劈打，会时不时照亮森林，因此他选择继续赶路。他本来可以在黑暗中悄悄穿过树林，现在闪电暴露了他的行踪，让任何潜伏在这条小路上的敌人都有可能会发现他。

当尼安韦吉正要庆幸自己已经走完一半路时，突然，没有任何征兆，什么东西从背后抓住了他，他感到对方锋利的爪子已经抓进了自己的肉里。他发出一声痛苦和恐惧的尖叫，转身想要挣脱背上的爪子，以及背后那一声不吭的可怕东西。在他挣开肩上

暴风雨 | 005

的爪子、伸手去抽刀的一瞬间，忽地亮起一道闪电，他惊恐地看到一张罩着豹头的狰狞的人脸。

尼安韦吉在一片漆黑中胡乱地砍杀一阵，但他很快又被那怪物抓住。怪物用毛茸茸的手臂把他扳转过来，利爪插进了他的胸膛和腹部。耀眼的闪电再一次亮起，照亮了这场悲剧的场景。尼安韦吉看不到背后抓住他的怪物，但看见另外三个怪物正从前面和两侧气势汹汹向他逼近。他放弃了逃生的希望，因为从对方的豹皮和面具他认出了这些攻击者——他们来自神秘而又可怕的豹人部落。

于是，尼安韦吉——尤腾伽部落的武士牺牲了。

Chapter 2
猎　人

曙光照在图姆拜村的草屋顶上，彩霞在舞蹈。酋长的儿子——奥兰多从粗糙的草床垫上站起身来，走到村街上，向他同姓氏的远古祖先木子莫的神灵祭献贡品，然后准备出发去狩猎一天。他伸出双手，捧着一捧祭献的美食佳肴，仰面苍穹，像一座乌木雕像立在街上。

"与我同姓的神，我们一起去打猎吧。"他像跟一个既熟悉又敬重的朋友那样说话，"把野兽带到我身边，并保护我免遭危险。今天给我带来肉吧，啊，猎人！"

奥兰多沿着通往吉布村的一条小路走出一两英里，独自出发去打猎。这是一条他熟悉的老路，但是昨夜的暴风雨给它带来一场浩劫，许多地方不能通行，变得认不出来。好几次倒伏的树逼得他绕道行走，他不得不走进小路两旁茂密的灌木丛。正是在一次绕道钻进灌木丛的时候，被连根拔起倒伏在地的大树树枝中露出的一条人腿,吸引了他的注意。

奥兰多停下来,又折回去。树枝在晃动,有人躺在下面。奥兰多把他的猎矛调整好,准备随时投出去。这时他发现了一块被晒成古铜色的属于白人的肌肉,而奥兰多——酋长罗本戈的儿子,从不把白人当朋友。然后树叶又晃动了一下,一只小猴子从绞缠在一起的枝叶中伸出头来。

当小猴惊恐的双眼看见奥兰多时,它发出一声惊叫,又缩回树枝下面。过了一会儿才从另一边钻出来,爬上一棵没被大风吹倒的大树树枝上。小家伙远离地面,觉得自己安全了,便一只手吊在树枝上,朝奥兰多扮了一个顽皮的愤怒鬼脸。

但是奥兰多并没再注意小猴,因为今天他不是来捕猎小猴子的。此时此刻他的兴趣集中在那条古铜色的腿上,探究它可能暗示的是什么悲剧。奥兰多非常想要满足自己的好奇心,便小心翼翼地走过去,弯下腰来观察遮住白人身体的浓密枝叶。

他看见一个高大的白人,赤身裸体,只穿着一条豹皮腰裙,被吹倒的大树树枝压在地上。在对方转向自己的脸上,那双灰色的眼睛也在打量着奥兰多:显然这个白人还活着。

奥兰多见过的白人并不多,而且那些白人都穿着稀奇古怪的服装,带着那种会冒烟、会喷火焰和铁籽的武器。但这个白人却穿得跟土著武士差不多,身上也没有那些叫奥兰多又讨厌又害怕的武器。

尽管如此,这个陌生人毕竟是白人,因此是敌人。他有可能从困境中脱身,假如是那样,他就会变成图姆拜村的一个威胁。于是酋长的儿子作为一个武士也就别无选择了。奥兰多在他的弓上搭好一支箭,对他来说,射死这个人就跟射死小猴是一回事。

"走到另一边去,"陌生人忽然对奥兰多说,"否则,你的箭射不着我的心脏。"

奥兰多垂下瞄准的箭头，惊诧地审视说话的人，让他吃惊的不仅是他发出命令的口吻，更让人吃惊的是他居然说的是奥兰多本族人的方言。

"你用不着怕我，"看到奥兰多在犹豫，那人接着说，"我被这根树枝压住了，不会伤害你的。"

"你伤得严重吗？"奥兰多问道。

"我想不严重，因为我感觉不到痛。"

"那么，你为什么想死？"

"我并不想死。"

"但是你叫我走过来，射你的心脏。如果不想死，你干吗那样说？"

"我知道你要杀我。我叫你那样做，是确保你一箭就射进我的心脏。我为什么要承受不必要的痛苦呢？"

"那你就不怕死吗？"

"我不明白你说什么。"

"你不知道害怕是什么吗？"

"我知道这个词，但是它跟死有什么相干？万物都会死。假如你是说我必须永远都活着，那么我也许会感到害怕。"

"你怎么说尤腾伽人的方言？"奥兰多问。

那人摇摇头："我不知道。"

"你是谁？"奥兰多不仅迷惑，而且逐渐感到一种敬畏。

"我不知道。"陌生人回答。

"你从哪个领地来的？"

那人还是摇摇头："我不知道。"

"假如我放你出来，你要做什么？"

猎人 | 009

"那么你不会杀我？"白人反问道。

"不，不会杀你。"

那人耸一耸肩，说："还有什么可做的？我要猎获点食物，因为我很饿，然后找个地方躺下睡一觉。"

"你不会杀我？"

"如果你不想杀我，那我就不想杀你。"

奥兰多钻进缠在一起的树枝，一直匍匐到被困的白人旁边，发现一根树枝横压在他的身上，让他无法伸出自己强壮的手臂进行自救。无论如何，救援并不困难。奥兰多只是把树枝抬起几英寸高，刚好够白人把身体从下面挪动出来。过了一会儿，两个男人就在倒地的大树旁相对而视，而小猴在他们头上安全的树荫里，边扮鬼脸边喋喋不休地嘀咕。

奥兰多还是对自己的仓促行为感到几分怀疑，因为他并不清楚究竟是什么使他对这陌生人如此人道，尽管他有疑虑，但又有什么似乎使他确信自己所做的是明智的。此时，他握紧长矛，用警惕的眼神观察着面前这个白人巨人。

他一个肩膀挂着一个装着箭镞的箭壶，另一个肩膀挂着一卷扎起来的绳索，屁股上吊着插在刀鞘里的短刀。白人从困住自己的树枝下，找出了其他武器：一张弓，一根长矛。等他的装备都找齐了，他转过身来面对奥兰多。

"现在，我们去打猎。"奥兰多高兴地说。

"去哪里？"

"我知道野猪早上在哪里吃食，天热时在哪里睡觉。"奥兰多说。

他们讲话时，奥兰多一直在观察和揣度陌生人。对方五官轮廓鲜明，体格健壮，那被太阳晒得跟奥兰多差不多一样的棕色皮肤下是健壮的肌肉，给人的印象是巨大的力量，兼具灵巧和速度。

一头浓密的黑发,披散下来遮住部分脸庞,一张粗糙、但极具男性美的脸上有一双镇定的灰色眼睛,毫无畏惧地巡视世界。他左边的太阳穴上有一道伤口,显然是暴风雨之怒留下的痕迹,伤口流下的血,凝固在他的头发和面颊上。沉默的时候,他常常若有所思,双眉紧蹙,眼睛里有一种迷惑的神情。那种时刻,他给奥兰多的印象是一个竭力想回忆起什么已忘记的事情的人。但那是什么,那人没有透露。

奥兰多领路,沿通往吉布村的小路走下去。后面跟着他的陌生伙伴,走路那么轻巧,以至于奥兰多要时不时地往后瞥一眼,确定白人没有弃他逃走。紧挨他们头顶的树枝上,小猴从一棵树荡到另一棵,"叽里咕噜"地叫个不停。

这时奥兰多听到自己身后还有一个声音,像一只猴子用比树上小猴更低的声调在说话。他扭过头去找声音这么近的猴子,但是他惊奇地发现那声音是从自己后面的白人的嗓子里发出来的。奥兰多大笑起来,他从未见过有人能把猴子的叫声模仿得如此惟妙惟肖。

不一会儿,奥兰多又看见小猴灵巧地从它悬挂的树枝上跳到白人的肩上,还听到他们俩互相嘀咕一阵,显然是在交谈。

这究竟是一个什么样的人?他不懂得害怕,还会说猴子的话,他不知道自己是谁,也不知道自己来自哪里。第一个问题他不能回答,表明其他问题也一样不能回答。奥兰多在心里越琢磨就越感到不安和疑虑:这个生物到底是不是凡人?

奥兰多出生的世界居住着多种生灵,那些人看不见的也同样重要、同样强大,而且对那些人能看见的施行巨大的影响。还有多得数不清的妖魔和死者的鬼魂,经常受到邪恶妖魔指使去执行邪恶的差事。这些妖魔抑或鬼魂,有时会附魂在一个生物的身上,

猎 人 | 011

控制他的思想、行动和话语。难道不是吗,流经图姆拜村的那条河里就住着一个妖魔,村民们给它奉献供品已经好多年了。妖魔乔装成鳄鱼的样子,但是骗不了人。尤其是村里的老巫师,他一眼就看出它是妖魔。酋长威胁说,要是老巫师的魔法不能把妖魔驱逐走,或者他的符咒不能保佑村民不落入妖魔的贪婪大嘴,就要以死刑惩处老巫师。因此,奥兰多很容易对那个悄然走路的生灵满腹狐疑。

奥兰多此时感到惴惴不安,疑窦丛生。但他想到自己这么友善地对待陌生人,也许还赢得了他的赞许,又感到少许安慰。更为幸运的是自己改变了放箭射他的意图。陌生人为何不畏惧死,现在已完全不言而喻,他知道作为妖魔是不会死的。似乎现在所有一切都变得让奥兰多一清二楚了,但他不明白自己应该高兴还是恐惧。成为一个妖魔的伙伴或许会让他与众不同,但也有令他担忧的情况,无论如何,理智的判断就会认为这不会是什么好事。

奥兰多沿这条思路的推想猝然被打断了,因为他看到小路的转弯处有一幅恐怖的景象。在他眼前,躺着一个被肢解的武士尸体。奥兰多从尸体仰着的脸庞和五官一眼就认出那是自己的朋友和同伴——尼安韦吉。但是,他怎么会横死在这里?

陌生人走过来,站在奥兰多身旁,小猴蹲在他的肩膀上。他弯腰审视了一下尼安韦吉的尸体,把它翻过去脸朝地面,尸背上露出了钢爪的残酷痕迹。

"豹人。"他简洁而无感情地说道,犹如在说一件最普通不过的事。

但是奥兰多却激动万分,他一看到朋友的尸体就想到了豹人,尽管他不敢承认自己的念头,因为这个念头让他充满了恐惧。藏在他内心深处的是对这个可怕的秘密部落的畏惧,他们那古怪的

猎人 | 013

食人仪式似乎更加恐怖,因为人们只能猜测,任何部落以外的人若目睹他们的仪式都必死无疑。

奥兰多看见尸体被明显肢解,切下来的肢体被拿去供他们食人的狂欢宴,成为人人争抢的美食。尸体周围泥土上留下迷宫般的脚印,表明尼安韦吉是被以多胜少制服的。奥兰多望着尸体开始颤抖,但在他心里更多的是愤怒而不是畏惧,因为尼安韦吉是他从小到大的朋友。奥兰多在心里高喊要报复这些恶魔,要他们为自己犯下如此邪恶的暴行付出代价。但是一个人对付这么多人,他又能做什么呢?

陌生人一只手杵着长矛,一直在默默地望着奥兰多,注意到了他抽搐的脸上表现出的悲伤和愤怒,问:"你认识他?"

"他是我的朋友。"

陌生人没再多说,转过身走上一条向南的小路。奥兰多又犹豫起来,这个妖魔也许要离开他。好吧,这或许是种解脱;但是无论如何,他还不是一个坏妖魔,而且他身上某种东西使他感到信赖和安全感。跟一个妖魔交朋友也是件值得的事,也许还应该让他在村子露个面。奥兰多一边想一边跟着走上那条小路。

"你要去哪里?"他对着白人那高大的背影喊道。

"去惩罚那些杀你朋友的家伙。"

"可是他们人多,"奥兰多反驳道,"他们会杀掉我们的。"

"他们四个,"陌生人回答,"我杀得了。"

"你怎么知道他们只有四个?"奥兰多又问。

陌生人指指他脚旁的小路,说:"一个年纪大而且腿瘸,一个瘦高个,另外两个是年轻武士。他们走路很轻,但有一个是壮汉。"

"你看见过他们了?"

"我已经看清他们的踪迹,那就足够了。"

奥兰多被折服了：这可真是一个一流的追踪猎人，但他也许具有什么超越凡人的本领。这个念头让奥兰多兴奋不已；虽然也令他少许害怕，但他也不再犹豫了。他已经赌上了自己的命运，并义无反顾。

"我们至少能够看出他们去哪里，"奥兰多说，"我们可以一直跟踪到他们的村庄，然后我们再返回图姆拜村，我父亲是那里的酋长。他会派传信兵跑过尤腾伽原野，敲响战鼓，召集尤腾伽武士们。然后我们再去围攻他们的村庄，消灭豹人，为尼安韦吉报仇雪恨。"

陌生人只是嘀咕几声，继续小跑。虽然被同伴视为优秀的追踪高手的奥兰多，有时也完全看不出踪迹，但这个白妖魔从未犹豫，更未停驻。奥兰多现在有闲暇思考了，越琢磨就越相信这个带领自己穿越莽林追踪豹人的白人巨人绝非凡人，这让奥兰多惊羡不已，也越来越敬佩，越来越敬畏。假如非要说这个陌生人是什么，他肯定是个妖魔，而且是个非同一般的妖魔，但他没有任何话语和迹象显示任何邪恶的动机。随着奥兰多沿这条思路推理下去，一种崭新而灿烂的信念像一道璀璨的光突然照亮黑暗一般，出现在他的脑际：这个生灵绝非凡人，肯定是奥兰多已亡祖先的保护神灵——他的木子莫！

刹那间，所有恐惧都离开了奥兰多，这里有一个朋友和保护神，这里有他的同姓神祇，他在出发狩猎前祈求了神祇的保佑，他为取悦神祇奉献了一捧食物。奥兰多突然后悔供品没有多一些。因为一捧食物似乎不够多，难以满足这个强壮生灵的食欲，所以他一直在前面孜孜不倦地小跑，或许木子莫需要的不是食物而是人。那似乎也相当有道理，既然他们只是精灵。但是奥兰多清楚地记得，在把他从树枝下解救出来前，他说过，自己饿了，想去猎获食物。

啊，好了，也许还有很多木子莫的事情奥兰多并不知道，那么，干吗要为这些细节大伤脑筋呢？知道他肯定是自己的木子莫就够了。他还想知道那栖息在木子莫肩膀上的小猴是不是精灵，那也许是尼安韦吉的鬼魂。他们俩不是很要好吗，就像他和尼安韦吉一生都要好那样吗？这个念头使奥兰多着迷，因此他把小猴当作尼安韦吉的精灵。此时，他突然想到要测试一下自己对这个白人巨人的判断。

"木子莫！"他喊了一声。

陌生人转过头来，环视一下，问："你为什么喊'木子莫'？"

"我是在叫你，木子莫。"奥兰多回答。

"你在叫我？"

"是的。"

"你要干什么？你为什么要叫我？"对方问。

"你认为我们接近豹人了吗，木子莫？"奥兰多无话找话地问。

"我们在接近他们，但是风向不对。我不喜欢风吹着背去追踪，因为风神能跑到前面，把我的行踪暴露给被我追踪的人。"

"我们能把它怎么办？"奥兰多问他，"风不会为我改变方向，也许你可以让它吹向另一个方向。"

"哦，我也做不到。"对方回答，"但我可以欺骗风神，我常常那样干。如果我逆风追踪猎物，我就留在安全的地面，因为风神只会把我的信息传递给后面我不在意的猎物；但是如果我是顺风追踪猎物，我就在树上行走而风神把我的气息踪迹送到猎物的头顶上方，或者我有时快速行走，围着猎物绕圈，风神就会来到我的鼻孔，告诉我猎物在哪里。来吧！"陌生人轻巧地荡上一棵大树的枝条。

"等一等！"奥兰多叫喊起来，"我不会在树上行走。"

"那就在地上走,我要从树上赶到前面,找到豹人部落。"

奥兰多还想争辩这个办法是否明智,但是白人已经消失在树荫中,小猴紧紧蹲在那人的肩膀上。

"那,"奥兰多自言自语道,"也许这就是我最后看见木子莫的情景了。当我在村子里讲述这个故事时,他们肯定都不会相信,会说我是一个吹牛大王。"

现在豹人的踪迹明显摆在他的眼前,要跟踪并不难,但是,还是那个问题,单独一人能凭什么去对付四个,除非是自己的死亡?即便如此,奥兰多也不想返回去。他想也许自己不能独自杀掉凶手、为尼安韦吉报仇,但至少可以通过跟踪找到他们的村庄,以后可以带领酋长罗本戈以及武士们一起来围剿这个村庄。

想到这里,奥兰多意志顽强、毫无倦意,决定继续前进,他一边匀速地小跑着,一边回想着今天早晨的奇遇以冲淡赶路的单调。他脑子里充满对他的木子莫的各种臆想,几乎排除了其他所有事情,这样的奇遇奥兰多还是平生第一次。他仔细咀嚼每一个情节,十分享受。他几乎带着唯我独有的骄傲来回忆这个来自精灵界的异类的技艺。对方的特征和表情已经铭刻在他的记忆里,不可磨灭;然而留给他印象最深的是那双铁灰色眼睛里某种难以捉摸的东西,既有一种日夜萦绕心头的渴望,又有一种去唤醒一个虚幻回忆的努力。

他的木子莫想要回想起什么?是他以前世俗生活的细节,还是他想要恢复肌体对世俗世界的刺激的反应?毫无疑问,他对自己的精灵状态感到遗憾而渴望复活——去生活,去战斗,去爱。

这些念头伴随着奥兰多有力的步伐进行,奥兰多很快就走完了几英里路。此时,奥兰多的脑袋完全被这些念头占据,根本没有考虑那些他更应该关注的事。比如,他没有注意到猎物的踪迹变得新鲜了——昨夜雨水积成的水洼,四周有走过的痕迹,水洼里还留着被踢翻的泥土;地上有一些脚印,边缘的泥土还在下陷。但这些事奥兰多都没注意到,虽然他是一个优秀的跟踪能手。一个人做一件事时,应该一心一意,除非他有比奥兰多更灵活的头脑。在这野蛮的莽林里,一个人最好不要长久地做白日梦。

当奥兰多走进一个林中小空地时,他没有注意到四周的树叶在微微晃动。如果他已注意到,便会更加警惕,便会发现有四双贪婪邪恶的眼睛正从遮蔽的树叶后盯着自己。直到他走到空地中间时,他才看到先前应该觉察到的一切,随着几声吼叫,四个装扮狰狞的武士跳进空地,向他扑过来。

奥兰多还从未见过恐怖的豹人部落那些可怕而可恨的成员,当他的眼睛转到这四个人身上时,他确信他们正是豹人部落的成员。这时他们已经朝奥兰多包抄过来。

Chapter 3
会说话的死人

凯丽开枪后,葛拉多发出一声痛苦的呻吟,左手捂着右肘,转身冲出帐篷。然后凯丽起床,穿好衣服,在腰上系上一条子弹带,还有她的枪套和手枪。即便葛拉多可能已丧失战斗力,但还有其他像他一样可怕的土著人,所以凯丽明白不能指望再睡觉了。

她点亮一盏马灯,坐在一把营地椅上,膝上横放着她的步枪,保持清醒地在自己的帐篷里守夜警戒。愤怒的造物主让漫漫长夜平安度过,拂晓时,凯丽在椅子上打起盹来。

等她醒过来,太阳已经一竹竿高了。暴风雨已经过去,只留下泥湿的帆布帐篷表明暴风雨曾来过营地。凯丽打开帐篷挂帘,呼唤侍从给自己准备浴盆和早餐。她看见脚夫在捆绑行李,还看见葛拉多随便包扎起来的手臂吊在一根吊带上。这时她看见了自己的侍从,又唤他一次,这次是以命令的口吻;但他并不理会她的命令,继续捆行李。

她走到他面前，双目逼视他，并质问道："你听到我叫你了，因巴，为什么你不来准备我的浴盆和早餐？"

外表沉默的中年人皱起眉头，垂下头。葛拉多心知肚明地阴沉着脸，站在一旁观望。旅行队的其他人都停下手上的活儿，也在观望，但他们中却没有一个友好的眼神。

"回答我，因巴，"凯丽命令道，"你为什么拒绝服从我？"

"葛拉多是头人，"他干脆地辩解，"我服从葛拉多。"

"因巴服从我，"凯丽打断他的话，"葛拉多不再是头人了。"她从枪套抽出手枪，把枪口顶住因巴，"去给我准备好浴盆。昨夜天黑，我看不清，只射中葛拉多的手臂。今天早上我看得清，可以射准。现在就去！"

因巴朝葛拉多投去哀求的一瞥，但前头人并没有鼓励他闹下去。这是一个新的凯丽，定出新规矩，葛拉多那迟钝的头脑还来不及适应。因巴乖乖地朝女主人的帐篷走去，其他土著人低声嘀咕了几句。

凯丽树立了自己的威信，但已为时太晚。不满和反抗的种子埋得太深，已经发芽。虽然她也许能勉强获得一时的胜利感，但终究只会失败。但不管怎样，看到因巴给自己准备好浴盆，后来又做好早餐，她感到了满足。在她坐下吃早餐时，看见她的脚夫们在安置辎重，准备上路，但是她的帐篷还没有拆掉，而且她也没有吩咐他们出发。

"这是什么意思？"她厉声问道，很快走到土著士兵聚集的地方。她没有问葛拉多，而是问他的中尉队长，她打算让他取代葛拉多做头人。

"我们要回去了。"那人回答。

"你们不能留下我一个人，自己回去。"她要求道。

"你可以跟我们一起走,"那个土著人说,"但是你得自己照顾自己。"他加了一句。

"你们不应该做这种事,"凯丽完全被激怒了,大声叫起来,"你们答应过无论我去哪儿都陪着我!把辎重卸下来,等我说出发的命令。"

那些士兵还在犹豫,她抽出左轮手枪。这时葛拉多开始干涉,他带着一群手持步枪的士兵走近她。"住嘴,女人,"他咬牙切齿地说,"回你的帐篷去。我们要回自己的故乡。假如你对葛拉多好一点,就不会发生这事;但是你没有,这就是对你的惩罚。假如你要阻止我们,这些士兵会杀了你。你可以跟我们走,但你不能发号施令。现在葛拉多是主人。"

"我不会跟你回去的。假如你把我抛在这儿,你知道等我回到铁路岔口报告专员后,你会有什么惩罚。"

"你永远都回不去的。"葛拉多阴沉地回了一句,然后他转向等待的脚夫们,命令他们出发。

凯丽怀着沉重的心情,望着士兵们排成一列队伍走出营地,消失在森林里。同样让她痛心的是,她确定跟着这支阴沉、反叛的队伍她也不会安全,尤其是领队的头人会对她的人身安全构成最大的威胁。早在她断定这是一次无效的探险之前,就有什么未知因素使她对这次无望的使命形成一种为达到目的而顽强的坚持。或许这不过是普通的固执,无论是什么,这一信念使她一直坚守她认为的职责所在,即使导致她现在才知道几乎是死亡的境地。

她困倦地转身走向帐篷和他们留给自己维持生存的唯一的给养。她现在干什么?她不能前进,又不愿撤回去。那只有一个选择,她必须待在原地,尽可能建立一个长期的营地,然后等待希望渺茫的营救队来搭救,那可能是漫长的数个月之后的事了。

她相信她的旅行队缺少她就不能回到文明社会。一回去，就会引起议论，引起调查；只要调查一开始，那些无知的脚夫中，至少会有一个出来揭露真相。那么，就会有人组织搜索队，除非葛拉多搬弄他撒谎的舌头得逞，让人相信她已经死了。虽然希望渺茫，但她不得不抱紧它。假如她侥幸在长久的等待中存活下来，那她最后也可能获救。

她把士兵留给她的给养储存起来，估计给养够她维持一个月的生活，前提是她必须精打细算地使用。如果猎物很多而她又能猎获，那么，这个时间可以延长下去。然而，饥饿不是她唯一害怕的威胁，也不是最恐惧的。森林里会有四处偷偷巡行的食肉猛兽，这是她无力抵抗的，还有可能被仇视的土著人发现的危险，而且还总有被什么莽林热病击倒的危险，这才是她最害怕的。

她试图把这些念头驱出头脑，因此她使自己忙碌起来，动手收拾营地，把每样有用的东西都拖进帐篷，最后，开始建造一个粗糙的围栏以防止夜行猛兽的接近。这件工作相当消耗体力，需要不断的休息。休息时，她就写日记，但没来得及在日记中吐露所遭遇的惊吓——那些她在心里承认自己畏惧的惊吓，只是记叙过去几天所发生的事件。就在她这样忙忙碌碌的时候，命运却暗中将她拖入一个她从未想象过的恐怖境地。

当四个穿着豹皮衣的人从四周向奥兰多包围过来时，奥兰多的脑海里突然闪现出尼安韦吉被肢解的尸体，他在那幅画面里看到了自己命运的凶兆，他确信自己可能会死，但他并没退却。他是一个武士，有自己的职责要执行，更要为尼安韦吉报仇。敌人应该能感觉到尤腾伽勇士愤怒的分量。

当四个豹人快要围住奥兰多时，他投出了长矛。随着一声尖叫，一个敌人跌倒在地，被尤腾伽的武器刺穿。豹人部落规定使用手上的钢爪作为常规武器，只有在特殊情况或敌人众多时才能使用长矛和弓箭，这对奥兰多是一种幸运。祭献给他们邪恶仪式的牺牲必须死于他们的豹爪之下，否则就没有宗教意义。在这宗教狂热的鼓动下，豹人武士冒死去争取他们渴望的荣誉。正因为此，奥兰多才赢得制服对手的一个机会。但是最好的情况不过是一个缓刑，短暂地延缓了他的死刑。

剩下的三个逼得更近，像他们装扮的食肉猛兽那样虎视眈眈地围住奥兰多，准备同时发起致命的攻击。寂静笼罩莽林，仿佛造物主也在屏息以待这场野蛮悲剧的上演。突然，从悬在空地上方的树枝里发出一声猴子的尖叫，打破了寂静。声音从奥兰多背后传来，他看见正面的两个对手惊慌地去看他的后面。他又听到背后一声尖叫，扭身去看，突然惊喜地发觉自己可能会被免除死刑。因为他看到第三个豹人被他的木子莫双手掐住，正在垂死挣扎。

奥兰多又转过身来面对剩下的敌人，这时从他身后传来一阵咆哮，吓得他头发都竖立起来。又有什么新的力量加入这场混战？他想不出来，也不敢冒险回头去看一眼。他所有注意力都放在前面两个可怕的怪物身上，他们张开弯曲的钢爪，正向他逼近，准备攫杀他。

叙述这么久的行动实际上在几秒钟就完成了。一声尖叫混合进奥兰多听到的咆哮声中，只见那两个豹人敏捷地向他扑过来。这时一个身影突然从后面飞快地掠过他，发出一声凶恶的咆哮，一下扑倒了最前面的豹人。当意识到那野兽般的吼叫竟然发自他的木子莫的喉咙，奥兰多觉得心脏中止了一下跳动。这一事实让奥兰多惊诧不已，它却使第四个豹人彻底气馁。这家伙本来已经向奥兰多逼近，结果却扔下他的伙伴，转身一下冲进了莽林里。

奥兰多已经脱险，打算去帮助正在跟豹人搏斗的木子莫，但他很快就意识到自己根本帮不上忙。只见木子莫一只手钢钳般抓住敌人的两只爪子，另一只手掐住对方的咽喉，慢慢地无情地让挣扎的对手窒息而死。对手的气力越来越弱，突然一阵抽搐，身体瘫软下去。木子莫把对手抛到一边，站在一旁观察死尸，脸上显出迷惑的神情，他慢慢走过去，抬起一只脚踏在死尸身上。对手已经毫无反应。木子莫脸上的疑虑立即消除，仰面朝天发出一声令人畏惧的吼叫，奥兰多感到自己双膝颤抖，巨人却欣喜若狂。

尤腾伽武士从前听过这种吼叫，所以，他知道那是雄壮如牛的巨猿代表胜利的吼叫。但是为什么他的木子莫会发出野兽的吼叫？这着实让奥兰多感到迷惑，正如这个祖先神灵的许多具体的变化一样让他迷惑不解。他心里从未怀疑过木子莫的存在。每个人都有自己的木子莫，但是所有人都把某些属性奉献给木子莫，而这些都是人的属性。奥兰多平生从未听见过，哪怕是些微暗示，木子莫会发出狮子的咆哮，或者在猎杀后发出巨猿的吼叫。他十分迷惑，甚至苦恼。难道他的木子莫也是什么死去的狮子或死去的巨猿的木子莫？假如这是真的，那就有可能他是由狮子或者巨猿的神灵化身而来的，而不是由奥兰多的祖先神灵化身而来的。那么，他可能成为一种威胁而不是福祉？

奥兰多此时满腹狐疑地望着他的伙伴，看到他的脸从那野蛮的表情又恢复平静，那是他一贯的神情，这才感到几分慰藉。他看见战斗时躲在树上的小猴又回到木子莫的肩膀上，便否定了自己先前对他脾气的质疑，但还是有几分担忧。

"木子莫，"他胆怯地冒昧叫了一声，"你及时赶来，救了奥兰多的命。这命是你的。"

白人默不作声，似乎在考虑他的话，那奇怪的困惑神情又浮

会说话的死人 | 025

现在他的眼睛里。

"现在我想起来了,"他说,"很久以前,你救过我的命。"

"是今天早上,木子莫。"

白人摇摇头,举起手掌抚了一下额头。"今天早上,"他若有所思地重复了一遍,"对,我们一起去打猎。我很饿,我们去打猎吧。"

"我们别去追踪那个逃走的豹人,好吗?"奥兰多请求道,"我们去寻找豹人的村子,好让我父亲带领尤腾伽勇士攻打他们。"

"我们先问问死人吧,"木子莫说,"先看看他们有什么要告诉我们的。"

"你能跟亡灵讲话?"奥兰多声音颤抖着问。

"死人不会说话,"木子莫解释道,"但是他们常常可以告诉我们一些事。我们会看得出来的。"他审视一下最后被杀死的豹人的尸体,继续说,"这一个是体壮的那个。那边躺着的是个瘦高个,再过去一点,你的矛刺穿心脏的是个瘸腿老人。所以逃走的是两个年轻武士中个小的那个。"

说完,他更仔细地检查每一具尸体,尤其是他们的武器和服饰。他还把他们袋子里的东西倒在地上,细心察看,留意到他们的护身符。在那个瘸子背的大袋子里,发现了一些残肢。

"现在毫无疑问,他们正是杀死尼安韦吉的凶手,"奥兰多说,"这些残肢是从他尸体上切下来的。"

"毫无疑问,"木子莫自信地赞同道,"但用不着这些死人告诉我那个事实。"

"那他们有什么能告诉你的,木子莫?"

"他们尖锐的牙齿告诉我他们是食人的人,他们的护身符和袋子里的东西告诉我他们的村子位于一条大河的岸边。他们是渔民,最害怕鳄鱼。他们袋子里的铁钩告诉我一件事,他们的护身符又告诉我另一件事。从他们额头和下巴上的疤痕，我看得出他们是哪个部落的，住在哪里。我用不着去追踪那个年轻武士，他死去的同伴已经告诉我他逃到哪里了。现在我们可以去打猎，然后我们再去豹人部落的村子。"

"正如我今天从村子出发前祈祷的那样，你保佑我免遭危险，"奥兰多说，"现在如果你给我带来猎物，带给我肉，那么我所祈祷的就都灵验了。"

"野兽想去哪里就去哪里，"木子莫回答，"我不能把它们带给你，但是我能带你去找它们；等你接近时，也许可以把它们吓得朝你跑去。走吧。"

他转身返回他们跟踪豹人的那条小路，轻快地小跑起来。奥兰多跟着他，两眼望着木子莫那宽厚的肩膀，还有蹲在他肩膀上的尼安韦吉的精灵。他们这样默不作声地走了半个钟头，木子莫才停下来。

"你慢慢地小心往前走。"他指挥道，"羚羊的气味在我的鼻孔里越来越浓。我从树上快速赶到羚羊的侧面。等到羚羊闻到我的气味，它会避开我走向你那边。做好准备。"

木子莫刚一说完就消失在悬在上方的树荫里，让奥兰多又惊诧又敬佩，还混合着几分得意扬扬，为自己拥有如此一个无人可与之媲美的木子莫而骄傲万分。他希望打猎能很快结束，他能回到图姆拜村，一边漫不经心地在伙伴们眼前展现他奇妙的新收获物，一边陶醉在他们的羡慕和嫉妒中。作为一个酋长的儿子，当然，非同小可，正如做一个酋长或者一个巫师，一样非同小可；但是拥有一个木子莫，你可以看见他，可以跟他讲话，可以跟他去打猎——啊，那可是超越任何可能降临在凡人身上的荣耀啊。

突然从他行走的小路前方传来轻微的声音，有什么正向他走

会说话的死人 | 027

近,打断了他沾沾自喜的思绪。这不过是一个声音的暗示,但对一个莽林猎人的耳朵来说,这就足够说明问题了。对奥兰多来说,这个声音带着一个信息,他的耳朵听起来清楚得就如我们的眼睛看打印在一页纸上的信息。那个声音告诉他一头长蹄的野兽正在接近他,而且跑得很快,差不多要飞奔起来。小路上有个弯道正好在他前面,遮挡了他,使那跑近的野兽看不见他。奥兰多握紧长矛,躲在一棵小树树干后面,像座青铜雕像一动不动地站着,他知道对低级动物来说移动和气味是最大的刺激。风把那看不见的动物的气味吹进他的鼻孔,这就排除了他的气味被那猎物发现的可能。只要自己保持不动,奥兰多知道,那个猎物就会无所忌惮地走过来,等到靠近时,才能嗅到自己的气味,但那时猎物已经在他的矛的投掷范围内了。

过了一会儿,一头罕见的非洲动物便跑了过来——霍加狓。奥兰多还从未见过这种动物,它们散布在远离尤腾伽原野的西部。他注意到它的后臀和前腿上长着长颈鹿般的斑点,但它的短脖子蒙骗了他,让他以为是一头羚羊。他现在万分兴奋,这可是实实在在的肉,很多很多的肉,是比一头牛还大的野兽。热血在猎人的体内沸腾,但他外表显得十分镇静。此刻容不得一丁点闪失;每个步骤都必须精确计算——一步跨到小路上,同时投掷长矛,两个动作合二为一。

还没等奥兰多行动,一刹那间,霍加狓却扭身就逃。他并没听到什么惊动它的声音,但是有什么已经惊吓了猎物。奥兰多非常沮丧,他跳到小路上打算投出长矛,但对击中猎物并没抱多少希望。当他举起手臂时,他看到一幅骇人的情景,顿时目瞪口呆。

从霍加狓头上的树枝跳下一个生物,扑在那可怕的动物身上。那是木子莫,喉咙里发出一串低吠咆哮。奥兰多像中了魔咒,呆呆地站着。他看到霍加狓被那个野蛮的人兽压得摇晃、颤抖；还没等它缓过神来，一只手已经伸下来抓住了它。然后那钢铁般强壮的臂力一下把它的头扭过去，它的颈椎骨"吧嗒"一声就折断了。顷刻间，一把锋利的刀割开了它的脖子，鲜血一下子喷了出来。这时，奥兰多又听到巨猿那胜利的吼叫。从莽林远处，隐约传来一头狮子挑战的呼应。

"我们吃吧。"木子莫一边说，一边从还在颤抖的猎物身上切下一大块肉。

"好的，我们一起吃。"奥兰多高兴地同意。

木子莫"嗯"了一声，扔给奥兰多一块肉。然后蹲下去，开始用他有力的白牙撕咬肉块。用火烤肉适合教化的人，而不适合这个莽林之神，他的习俗可追溯到人类掌握生火技艺之前的远古时代。

奥兰多犹豫起来，虽然他更愿吃烤过的肉，但又怕在他的木子莫面前丢脸。他只考虑了一秒，就走近木子莫，打算蹲在他旁边吃。那莽林之神抬起头来，牙齿埋在鲜肉里，正在撕一块肉。突然，他的眼睛闪现出一道野蛮的凶光，喉咙发出一串警告的低声咆哮。奥兰多看见过狮子在吃猎物受到骚扰的样子，两者完全相像。奥兰多退回来，蹲得离他远一点。这样，除了白人偶尔的低吠咆哮，他俩默不作声地吃完了生肉。

Chapter 4
巫师索比托

两个白人坐着,身后是一顶久经风吹日晒、打着补丁的帐篷。他们没有椅子,坐在地上。身上衣服的补丁比帐篷的还多,磨得更旧。离他们不远处,五个土著人围着一堆炊火蹲着。帐篷旁有一个土著人在一堆小火上准备食物。

一个人耸耸肩,说:"去哪儿?回美国的话,我不过是个混蛋。在这儿,我至少还有仆人,尽管我完全明白他们并不尊敬我,但能给我一种被人服侍的阶级优越感。在美国,我还得服侍别人。倒是你——我就不明白你为什么会留恋这个肮脏的荒凉野地,跟臭虫和热病打交道。你还年轻,未来的路长着呢。"

"活见鬼!"他的同伴叫起来,"你听起来就像有一百岁,可你还不到三十岁!你告诉过我你的年纪,对吧,就在我们俩刚搅到一起的时候。"

"三十岁已经老了,"最先说话的人说,"一个人必须在三十岁以前就有个好开头。为什么,我认识的几个伙伴就是这样的,到三十岁就已经退休了。就拿我爸来说吧——"他一下沉默了,相当唐突。但他的同伴并没催促他把隐私讲下去。

"我想我俩回到美国会是两个混蛋。"对方大笑着说。

"你在哪儿都不会是个混蛋。"伙伴反驳说,突然爆发一阵大笑。

"有什么让你好笑的?"

"我在想我们从遇见到现在刚好一年。你一直让我以为你是个贫民窟来的硬汉。'小伙',你可是个相当不错的演员。"

"小伙"咧嘴一笑,承认道:"可是,我说,'老前辈',你自己就没有糊弄过人?听你讲话,谁都会以为你是生在莽林,由巨猿养大的。我也是一时上你的当,但后来我觉得你是个耶鲁的或者普林斯顿的,很可能是耶鲁的。"

"但是你没有问过我任何问题。我喜欢你的就是这一点。"

"你也没有问过我任何问题。也许正因为如此,我们俩才相处得这么好。爱问问题的人会让我温和而坚定地握住他的手,带到农仓后面,一枪干掉。那会有个更好的生活环境。"

"对吧,'小伙'?但是那还是相当蹊跷,我们结伴了一年,竟然彼此一丁点儿都不了解——好像互不信任。"

"我可不是这么想的,""小伙"说,"但是一定有什么事我们谁也不能讲——对任何人都不能讲。"

"我知道,""老前辈"同意道,"我们谁都不能讲的事也许正是我们来这里的原因。对我来说,我非常讨厌跟个女人结伴。"

"胡说八道!""小伙"讥笑道,"我敢打赌,你一见到一条裙子就会爱上她——我有什么就赌什么。"

"如果还不能很快走运,我们就会要么没有东西吃,要么没有人给我们做饭,""老前辈"说,"现在看起来好像非洲所有的大象都集体去什么地方了。"

"老波伯罗发誓说我们会在这里找到大象,但是我认为他是个骗子。"

"我怀疑他的话有一段时间了。""老前辈"认同道。

"小伙"卷了一支烟:"他只是要摆脱我们,或者说得准确点,是要摆脱你。"

"为什么是我呢?"

"他不喜欢他可爱的女儿朝你递秋波。你对付女人可是很有一手的,'老前辈'。"

"那是因为我在这里没有女人。""老前辈"肯定地说。

"这可是你说的。"

"'小伙',我想你才是对女孩着迷的那个人,你放不下这个话题。现在不谈这个了,咱们来谈一谈正事。我告诉过你,我们得干点什么,而且必须尽快干。如果我们忠诚的随从们短期内在挖掘地还看不到象牙,他们就会扔下我们。他们像我们一样清楚,这件活计就是:找不到象牙,就没有工钱。"

"那么,我们要怎么办?制造出大象来?"

"走出去找大象。那些大象是不会跑到营地来让我们射死的。那些土著人不会帮我们,我们得走出去,自己去侦察大象。我们每人带两个土著和几天的给养,然后分头去不同方向的地方寻找,要是我俩谁都找不到大象的踪迹,那我就是一头斑马。"

"要是我们不被抓的话,你认为这个偷猎勾当,还能干多久?""小伙"问道。

"我已经干两年了,还没有被抓,""老前辈"回答道,"嗯,相信我,我也不想被抓。你见过他们肮脏的监狱吗?"

"他们不会把白人也关在那里吧?""小伙"看起来很担心。

"他们也可能会，偷猎象牙的罪行会让人在监狱里比在炼狱还难受。"

"我不怪罪他们，""小伙"说，"这的确是个肮脏的勾当。"

"难道我不知道？""老前辈"激动地嚷起来，"但是人得吃饭，对吧？要是我知道有什么更好的办法有饭吃，我也不愿做个象牙偷猎犯。千万别以为我割舍不下这份活儿，或者以为我引以为傲。我只是尽量不去想这事是否道德，就像我尽量去忘记自己曾经一直是个体面的人。我现在是个混蛋，我跟你说过，一个肮脏下流的混蛋；但即使是混蛋，也要抱紧生活——只有上帝才知道为什么。我从来没有放过重新开始的机会，但不知什么缘故，我总是失败，只能看机会悄悄溜掉。假如我在世上还是个好人，假如还有谁在意过我抱怨不抱怨，我应该老早就死了。似乎是魔鬼在监视，保护像我这样的人，好让他们今世受罪受得尽可能长，然后在来世再被叉进永恒的硫黄地火的炼狱。"

"别胡诌啦，""小伙"劝道，"我跟你一样是个大混蛋。一样的，我也得吃饭。咱们忘掉伦理去忙活起来吧。"

"咱们从明天开始。""老前辈"赞同地说。

木子莫双臂合抱静静地站在中间，四周围着一群图姆拜村的土著人，"喊喊喳喳"议论个不停。他的肩膀上蹲着小猴，它也在"叽叽喳喳"地用最恶毒的丛林脏话攻击他们，是莽林中无人可媲美的诽谤大师。在木子莫安全的肩膀上，小猴还向他们挑战，告诉他们如果他们抓住它，它会怎么办，它会挑战单独一人，也会挑战全体。小猴并不在意他们是怎么到这儿来的，只在意他们来到这儿了。

假如小猴没给村民们留下什么印象，木子莫的出现却让他们印象深刻，他们听了奥兰多讲的故事以后，甚至只听第一遍，就被打动了。等到听第七八遍时，他们的敬畏也随之变得更大，以致他们退离这个来自另一世界的生物，跟他保持一段安全的距离。

然而，还是有一个怀疑者，那就是村里的巫师。他感到轻信一个非他本人创造的奇迹绝对不是什么好事。无论他怎么怀疑，他心里也可能跟其他人一样充满敬畏，但他把它藏在心里，表面装出一副冷漠的样子。因为他必须永远给俗人留下这样的印象，他本人才是最重要的。

村民的注意力都集中在陌生人身上，完全把巫师推出了聚光灯，这使他大为恼火。因此，为了把注意力吸引回自己身上，也为重新树立自己的威望，巫师大胆地大步迈向木子莫。这时，小猴尖叫起来，绕到主人的背后躲起来。村民的注意力也被吸引到巫师身上，这正是他希望的。叽喳的议论声戛然而止，所有眼睛都聚焦在他们二人身上。

巫师等的正是这一时刻，他昂起头挺起胸，大摇大摆地走到奥兰多的木子莫面前，然后放大嗓音对他讲话："你说你是罗本戈的儿子——奥兰多的木子莫，那只小猴是尼安韦吉的精灵，但是我们怎么知道你的话是真话？"

"你是谁，老头儿？谁在问我这些问题？"木子莫反问道。

"我是巫师索比托。"

"你说你是巫师索比托，但是我怎么知道你说的是真话？"

"人人都知道我是巫师索比托。"巫师激动起来，很快他意识到自己突然被放到辩护人的位置，始料未及，"随便问一个人，他们都认识我。"

"好极了，嗯，"木子莫说，"问问奥兰多，我是谁。只有他认识我。我没说过我是他的木子莫，我没说过那小猴是尼安韦吉的精灵，我没说过我是谁，我什么都没说。你认为我是谁跟我毫无关系，但是如果跟你有关系的话，那你去问奥兰多。"说完这些话，他转身走开了，这让索比托感到木子莫使自己在族人的眼里显得荒唐可笑。

老巫师盲目迷信，自以为是，肆无忌惮，一直是图姆拜村的一个大势力。多少年以来，他对村民施行他的影响，有时为善，有时作恶。甚至酋长罗本戈都没有他势力大。索比托对他无知的信徒散布迷信和恐惧，致使他们对他最小的意愿都不敢违背。

传统和情感将村民与世袭的酋长罗本戈联结在一起，畏惧使他们屈服于他们讨厌的索比托的权势。奥兰多的木子莫炫耀了自己让他们窃喜，但是当索比托走到他们中间诋毁木子莫时，他们仅保持沉默，不敢表示他们相信木子莫。

后来，武士们聚集在罗本戈的小屋，尽管奥兰多幻想的故事他们已经听过好几遍，但现在面对酋长和武士头领们，奥兰多必须把故事讲得特别详细，所以奥兰多把那个讲过多次的老故事周详地又讲一遍。奥兰多的经历越来越鼓舞人心，木子莫的事迹越来越神奇。奥兰多在故事讲述结束时呼吁酋长和武士招聚村子和部落的尤腾伽人出发去为尼安韦吉报仇雪恨。木子莫会带领他们去豹人的村子。

年轻武士们发出赞同的欢呼，但老人们大多蹲着，默不作声。情形总是这样：年轻人支持战争而老年人支持和平。罗本戈已经上了年纪，儿子好战，他为此而骄傲，那是作为父亲的反应；但作为老年人的反应，他完全反对战争，所以他也保持沉默。但是索比托可没沉默，他对木子莫的个人怨恨，不仅使他反对这次突袭，而且还添加了不少别的心计。

他不满地皱一下眉头，站起来，问道："是谁在谈论打仗？年轻人。年轻人懂什么打仗？他们只想胜利，忘了失败。他们忘了假如我们去攻打一个村子，那个村子的武士哪天就会来攻打我们。攻打豹人会赢得什么呢？谁知道他们的村子在哪里？为什么我们的武士要大老远地从家乡跑去攻打豹人？就因为尼安韦吉被杀了吗？尼安韦吉的大仇已经报了。这场打仗的谈论完全是无稽之谈，是谁开的头？也许是我们当中的一个陌生人想给我们惹麻烦。"他看看木子莫，"谁知道为什么？也许豹人派来一个他们的人，引诱我们去攻打他们。然后我们的武士将会遭到伏击和杀戮，那就是我们的下场。别再愚蠢地谈什么打仗了。"索比托发表完他的空谈长论，又蹲下去。

这时奥兰多站了起来。老巫师的话刺激了他，使他非常生气，因为索比托抨击了他的木子莫的人格。但他的气愤又被对这个权高势大的老人的畏惧而遏制。因为索比托能够公开施展黑暗的力量制服部落里的人，念动魔咒招致灾难或者死亡。但是奥兰多是个勇敢的武士、忠诚的朋友，正如一个天性如此的人，血管流淌着世袭酋长的血，所以他容不得索比托的冷嘲热讽、随便散布谣言而不受到质疑。

"索比托发言反对打仗，"他开始讲起来，"老人总是说反对打仗的话，那没关系，如果你是个老人。奥兰多是个年轻人，但也会反对打仗，假如这场战斗只是年轻人愚蠢的胡说，他们只想在女人眼里显得勇敢。但是现在我们有理由打仗。尼安韦吉被杀害了，他是一个勇敢的武士，我们只杀了三个谋害他的人，所以不能说尼安韦吉的仇已经报了。我们必须去向派杀手到尤腾伽领地的酋长开战。不然，他会以为尤腾伽人都是老妇人，他会想什么时候他的人要想吃人肉，只要到尤腾伽领地来就能得到。"

"索比托还说，也许豹人派来一个陌生人引诱我们去中他们的伏击。我们中间只有一个陌生人——木子莫。但是木子莫不可能是豹人的朋友。奥兰多亲眼看见他杀死两个豹人，还看见第四个豹人察觉木子莫的威力后，逃跑得非常快。假如木子莫是豹人的同伙，那个豹人是不会逃跑的。"

"我是奥兰多，是罗本戈的儿子。有一天我会成为酋长。我不会带领罗本戈的武士去进行一场愚蠢的战争。我要去豹人的村子向他们开战，好叫他们知道并不是所有尤腾伽人都是老妇人。木子莫会跟我去。也许还有几个勇敢的人愿意陪我们去。我的话说完了。"

几个年轻武士跳起来，跺起脚来表示赞同。他们挥舞手中的长矛，发出部族的战斗呼啸。

一个武士边跳舞边旋转，纵起身来，刺出长矛，喊起来："我会这样杀死豹人！"

又一个武士跳出来，挥舞着刀，四处砍杀："我要把豹人酋长的心割下来！"又假装撕咬紧捧在手上的什么东西，喊道，"我要吃掉豹人酋长的心！"

"打仗！打仗！"其他人也喊起来，顷刻，十几个野蛮人边吼叫边在阳光下跳起舞来，他们光滑的皮肤渗出汗水，闪闪发光，他们面貌扭曲，做出狰狞的鬼脸。

这时，罗本戈站起来，他深沉的嗓音压住了跳舞武士的吼叫，命令他们安静下来。武士们停止了吼叫，聚成一小堆挤在奥兰多背后。

"有几个年轻人主张打仗，"罗本戈宣布道，"但是我们不会因为几个年轻人希望打仗就轻易开战。有需要打仗的时候，也有需要和平的时候；不然，我们在战争结束的时候，只会看到失败和死亡。在决定是否出征以前，我们必须请教已逝酋长们的灵魂。"

"他们正在等着跟我们说话,"索比托喊起来,"大家静一静,我来跟我们已逝酋长们的灵魂说话。"

索比托讲话时,部族的其他男人开始慢慢移动,很快围着索比托形成一个圆圈。他从一个袋子里拿出几样东西放在地上,然后,他叫人找来一些干枝和新鲜叶子。等东西找来后,他生了一小堆火,用叶子遮住一部分火焰,于是冒出很多烟。巫师弯下腰,半躬着身体,小心翼翼地围着火堆走动,画出一个小圆圈,他两眼盯着那道薄薄的烟柱,袅袅升起,盘旋在下午那闷热的空气中。索比托一只手拿着一个松鼠皮做的小袋子,另一只手拿着一条鬣狗的尾巴,根端用铜丝缠成一个把手。

索比托逐渐加快步伐,最后围着火堆迅速地大步蹦跳起来,但他的双眼始终盯着那盘旋上升的烟柱。他边跳边念出一种怪异的咒语,一串无意义的音节混合着间歇的厉声尖叫,把恐惧送进被他的魔咒震慑的观众的眼睛里。

他猝然停住,深深弯下腰从袋子里抓出一把粉末,撒在火上;然后用那根鬣狗尾的端头在火堆的灰烬上画出一个原始的几何图案。他直起身来,脸庞稍微上仰,闭上眼睛,做出聆听的神情。

在敬畏的静默中,那些武士一个个倾身向前,等候着。那是一个紧张的时刻,并且效果极佳,所以索比托把它拖延得尽可能长。最后,他睁开眼睛,顺着那一张张期盼的脸严肃地环扫一圈,然后才开口讲话。

"我们周围有许多灵魂,"他宣布道,"他们都反对打仗。去跟豹人打仗的人都得死,谁也回不来。奥兰多真正的木子莫跟我讲了话,他非常生奥兰多的气,叫我让奥兰多明白这一点,就这么回事。年轻人不要去向豹人部落开战。"

武士们探询地看着奥兰多和木子莫,他们脸上明明白白显出疑惑，并开始慢慢移动，偷偷地从奥兰多身边溜开。奥兰多也探询地看着木子莫，说："假如索比托说的是真话，你就不是我的木子莫。"这话更像质问。

"索比托对这事知道什么？"木子莫问道，"我也可以生一堆火，挥动一根野狗尾巴，我可以在灰烬上画符号，在火上撒粉。然后我想告诉你什么就告诉你什么，就像索比托告诉你他要你相信的话，但是这些证明不了任何事。你唯一能知道的办法是如果跟豹人打仗要想获胜，就是派武士去攻打他们。索比托对此一无所知。"

巫师气得发抖，从来没有人胆敢质疑他的威力。他的巫术是连他本人都差不多信以为真的。假如现在他的族人也认为他的巫术无效，他会显得多么卑劣。

他向木子莫摇摇自己萎缩的手指，叫起来："你在搬弄撒谎的舌头，你已经触怒了我的物神！什么都救不了你！你已经迷失了，你会死的！"他停住，突然想到一个诡谲的主意。"除非，"他接着说，"你走，再也不回来。"

因为不知道自己的真实身份，木子莫只得接受奥兰多说的他是酋长儿子的精灵。而且听到自己被这样称呼无数次，他已逐渐把它当成一个事实。他并不惧怕索比托这个人。当索比托威胁他时，他想起自己是木子莫，那就是神。因此，他推理下去，为何索比托的物神能杀死自己？没有什么能杀死精灵。

"我不会离开，"他说，"我不怕索比托。"

村民们被吓得目瞪目呆，他们从未见过巫师被人公开蔑视与反抗。他们期待亲眼看到这个鲁莽人被消灭掉，但是什么也没有发生。他们看着索比托，眼里充满疑问。那个诡计多端的老骗子，觉察到关键的转机，害怕失掉自己的声誉，于是克服身体上对白人巨人的恐惧，希冀最后一搏能挽回自己的尊严。

巫师索比托 | 039

他挥舞着鬣狗尾巴，向木子莫跳过去，尖叫起来："死！什么都救不了你。月亮升起以前，你已经死去第三遍。我的物神已经讲了！"他在木子莫的脸前摇晃着鬣狗尾巴。

木子莫站着，双臂合抱，嘴角挂着冷笑，说："我是木子莫，是奥兰多祖先的精灵。索比托只是个人，他的神器只是一条鬣狗的尾巴。"说完后，伸出手一把将那个神器从巫师紧握的手里夺过来，"这样，木子莫就有索比托的神器！"他喊着，随手把那条尾巴抛进火里，更令那些惊诧的村民惊愕不已。

索比托被狂热迷信的愤怒冲昏头脑，将谨慎抛到九霄云外，手里握着一把出鞘的刀，纵身一跃扑向木子莫。他龇牙咧嘴，嘴里喷出疯狂的喘息，发黄的牙齿间发出可怕的咆哮，完全是一个仇恨和愤怒的化身。虽然他的攻击敏捷、邪恶，但木子莫早有防范。一只古铜色的手像钢钳般把巫师的手腕攥住，另一只手把刀从他紧握的手里夺走。然后木子莫把索比托举起来，悬空在头上，好像索比托是一个没有重量的空壳。

此时，观众们那震惊的脸上显现出惊诧与恐惧：一个偶像被攥在一个叛逆者的手里。这情形超出了他们简单头脑的理解范围。也许木子莫正成为他们一个心爱的偶像。

木子莫看看奥兰多，问："我要不要杀了他？"口吻相当随便。

奥兰多像他的伙伴们一样又震惊又害怕，一生对巫师超自然的法力坚信不疑，这个信念不会顷刻间就改变。然而，还有一种力量在酋长的儿子身上产生作用。他只是一个人，而木子莫是他的木子莫。作为一个人，他不禁有少许理由感到骄傲，为这个神秘人物的无畏精神和威武技能而骄傲，他已经满怀激情地把他看作自己已亡祖先的精灵。然而，巫师毕竟是巫师，他们的法力世人皆知。

奥兰多跑上去，喊道："不！不要杀他！"

树枝上有一只小猴子在蹦跳，边叫边骂："杀了他！杀了他！"那是一只非常嗜血的小猴，被奥兰多认为是尼安韦吉的精灵。

木子莫把索比托抛到地上，看着他已瘫软成一堆蒙耻的肉，说："索比托没用，巫师都没用。他的神器也没用，如果有用的话，为什么不保护他？索比托根本不知道自己在说些什么。如果尤腾伽人还有几个勇敢的武士，他们会跟随奥兰多和木子莫一起向豹人开战。"

年轻武士中发出一阵轻轻地欢叫，越来越响亮；趁这暂时的混乱，索比托挣扎着站起来，悄悄向自己的小屋走去。等离开木子莫走到安全的地段，他才站住转过脸来，喊起来："我去施放法力巨大的符咒。今天夜里，那个自称木子莫的白人必死无疑！"

木子莫朝索比托走了几步，巫师扭身就逃。年轻武士看见索比托势单力薄，又大声谈起打仗的事。老年人也不再谈和平的事。总之，他们既害怕又讨厌索比托，看到他的法力被祛除，他们感到欣慰。明天他们可能又会害怕，但是今天他们平生第一次摆脱了巫师对他们的控制。

罗本戈酋长本来不同意打仗，但经不住奥兰多和其他年轻武士的一再请求，他最终不大情愿地允许进行一次小规模的袭击。即刻，信使就被派往其他村子招募人员，同时村里着手准备当天晚上举行一场跳舞庆典。

因为罗本戈拒绝对豹人进行大规模的战争，村里没有敲响战鼓，但是消息很快传遍莽林。夜幕尚未降临，附近村子的武士已经三三两两来到图姆拜村，加入由二十人组成的志愿武士队伍。他们在黑美人爱慕的目光注视下，昂首阔步地走进了会场，四周那些黑美人正在准备美酒佳肴。

巫师索比托 | 041

吉布村来了十个年轻武士，其中有尼安韦吉追求过的女郎的哥哥，名叫卢平古。既然被谋杀的武士已经偷走了他妹妹的心，卢平古理应甘愿不惜冒生命之险，也要为尼安韦吉报仇，但这却被忽略了。复仇的念头已经被渴求荣耀的欲望压倒，可怜的尼安韦吉实际上已被忘记，唯有奥兰多还惦记着他。

大家都谈论打仗，谈论即将取得的英勇功绩；但是索比托的尴尬遭遇依然活跃在每个人心头，自然成为他们谈话的一个重要话题。村民们发现要想取悦来自其他村子的武士，这是一个很好的选择，结果，木子莫成为一个比索比托更能体现图姆拜村荣耀的突出人物。外村武士对他肃然起敬，但又心怀几分疑虑。他们习惯于无人能见的神灵四处飘浮在空气中，看见一个神灵站在他们之间，的确是咄咄怪事。

特别忐忑不安的是卢平古，他最近跟索比托买了一个诱惑爱情的符咒。他在琢磨要不要把他花钱买来的宝物当作无用的东西扔掉。他决定去找巫师询问一下，也许他所听到的并没有多少真相。此外，他还有另一个理由要去请教索比托，一个比爱情符咒重要得多的理由。

等到没人注意他时，卢平古退出村街游荡的人群，偷偷溜到索比托的小屋。他看见老巫师蹲在地上，周围摆满符咒和神器，小火塘上煮着一个瓦罐，火焰间歇地照亮他阴险的嘴脸，一副愁眉不展、被怨恨扭曲的狰狞面相，吓得卢平古几乎要趁老巫师还没抬头认出他来，扭身逃走。

卢平古在老巫师的小屋坐了很久很久。他俩头靠头，一直低声耳语。卢平古离开时，他手上拿着一个护身符，一个法力如此之大以致任何敌人都无法伤害他的护身符，同时，他脑袋里还揣着一个令他又喜又怕的计谋。

Chapter 5

"不可理喻的莽汉"

漫长孤独的白天一天又一天,漫长恐怖的黑夜一晚又一晚。绝望和无用的悔恨变得如此炽烈,犹如身体的创伤一样伤人。自从雇佣的土著人弃她而去,凯丽唯有依靠自己那颗勇敢的心才不至于发疯。她被抛弃的那一天似乎是一个远不可及的过去,从此每天她都觉得更加度日如年。

今天她打中一头小野猪。开枪声隐约传到一个白人的耳朵里,这人皱起眉头停下来,他的三个伙伴兴奋地欢叫起来。

凯丽艰难地清除了野猪的内脏,以便减轻一点重量,才能把它拖到营地,但她的精力和耐性都被用至极限。猪肉非常珍贵,不能浪费;她费劲地干了几个钟头,时常停下来休息,最后在帐篷入口前的战利品旁边,筋疲力尽地瘫坐下来。

想到还要花费巨大的劳动,才能把那些猪肉安全地储存起来以备后用,她一点儿都开心不起来。再一想到还要分割猪肉,她

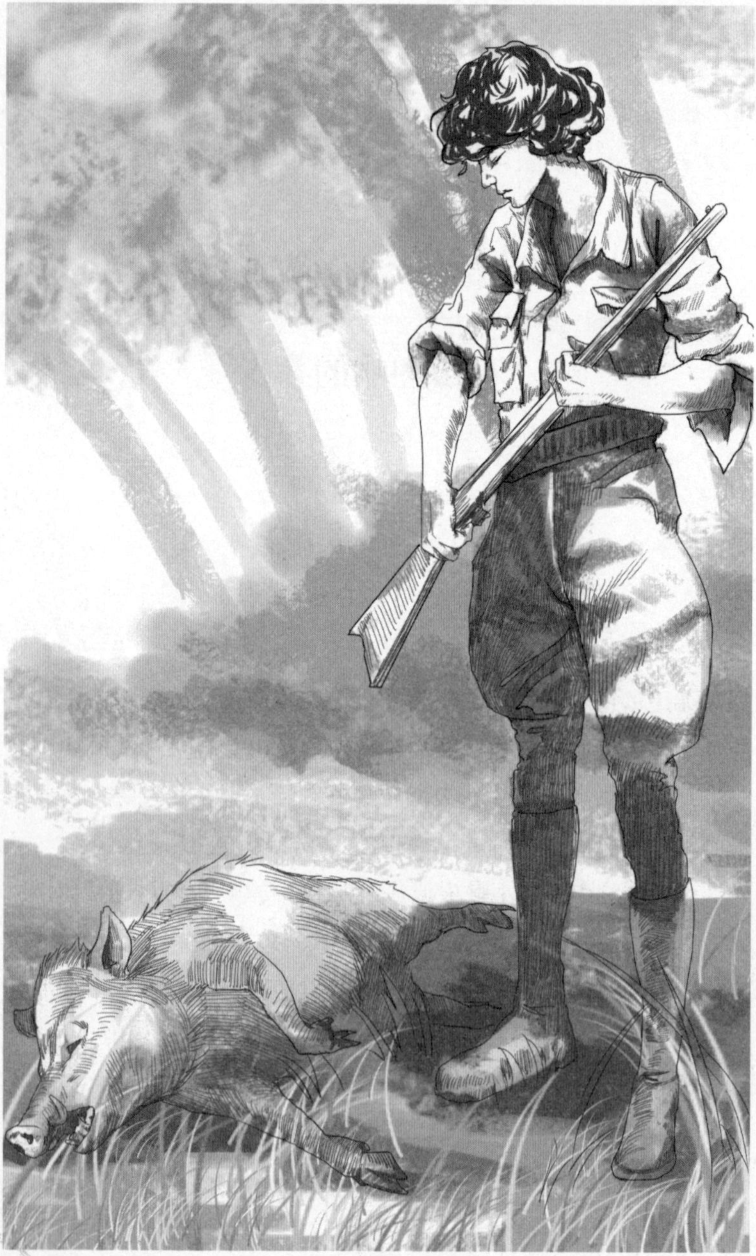

更觉得害怕。她出发踏上这次灾难性的旅途以前,从未见过宰割的动物,至多切过一小块生肉。所以,她的准备工作非常不合格,但是必须克服障碍,因为她知道野猪必须分割,割成一条条的肉,然后必须用烟熏干。即使那样,保存的时间也不会长,但是她不知道还有什么更好的办法。

尽管她的实用生活常识极为有限,她必须利用自己可用的方法,竭尽全力为生存奋斗。尽管她体质羸弱,缺少生活经验,胆小害怕,但在她那一度款式别致,现已沾满污泥、皱巴巴的法兰绒衬衫下跳动着的是一颗勇敢的心。尽管看起来没有什么希望,但她不愿就此罢休。

她已经相当疲倦,但仍振作起来,开始剥野猪的皮。这时,营地空地边缘有什么响动,引起了她的注意。她抬头一看,只见四个人默默地站着,注视着她。一个是白人,三个是土著人。她一下站起来,内心涌起强烈的希望,她感到一阵晕眩,稍稍打了个趔趄,但她很快平衡了身体,审视这四个人。他们正向她走近,白人带头。等他们走近了,她可以仔细打量时,希望消失了。她平生从未见过外表如此邋遢的白人:他衣服肮脏不堪,杂色斑驳,补丁撂补丁;胡须没刮;那顶帽子破烂得无法形容,简直不能看作帽子,只不过还戴在头上罢了;他面色严肃、充满威严,双眼怀疑地环视着营地。他在离她几步的地方停下来,皱起眉头,并没有跟她打招呼。

"你是谁?"他直截了当地问,"你在这儿干什么?"

他的口吻和问话叫她反感。从来没有一个白人男子以这样傲慢的口吻跟她讲过话。她天性就是一个骄傲、烈性的女子,相应的反应自然不可避免。她翘起下巴,冷冷地看着他,上唇弯出一个讥笑,暗示自己的高傲;双眼用蔑视的眼光上下打量他,从他破旧的靴子到他那顶盖住蓬乱头发的皱巴巴的帽子。假如他的态度和口吻不是那样,她可能会害怕他。但是至少此刻她太生气,气得不怕他了。

"我想不出这两件事跟你有什么相干!"她说完就转过身,背对着他。

那白人眉头皱得更深,发火的话冒到舌头上。但他控制了自己,只是默默地盯着她。假如他没看见她的脸,他可以从她高傲娇小的背影猜出她还年轻。已经看见了她的脸庞,更看到了她的美丽。她身上脏兮兮的,热得冒汗,还粘着血迹,但依然美丽。要是适当地穿戴、打扮起来,她会多么漂亮,他不敢再想象下去。只是她的五官就足以使任何一张脸显得美丽。此刻他在欣赏她的头发,随意在颈背绾成一个松散的发髻,头发有那一般称为金发的特质——今天被称为白金色。

"老前辈"已经有两年没见过一个白人女子了。假如她是个骨瘦如柴的老妇人,或者是个长着獠牙的斜视眼,他可能不会那么刁难她,会更礼貌地跟她讲话。但当他看见她的那一刻,她的美丽让他想起另一个美丽女人带给自己的怨恨和悲哀,激起了他内心深处对女人的仇恨——一个他深藏在心里长达两年之久的宿怨。

他默默地站了一会儿,这让他有时间去平息愤怒,不让自己把丑话说出来。倒不是因为他偏爱这个女子,而是因为他理解并敬佩她回答的勇气。

"那也许跟我无干,"他说,"但是我也许不得不那样问。看见一个白人女子单独在这荒天野地十分不寻常。就你一个人吗?"他的问话带着些微关心的语气。

"我就一个人,"她简短地回答,"而且我宁愿这样。"

"你是说你没有脚夫,也没有白人伙伴?"

"算是吧。"

她背对着他,没看见在她承认时,他的脸上掠过欣慰的表情。假如看见了,她会更加担心自己的安全。其实他的欣慰对她并没什么好处,他之所以担心会不会遇到白人只不过是大象偷猎犯的担心。

"你没有交通工具吧?"他问。

"什么都没有。"

"你肯定不是一个人来到这么远的腹地。你的同伴呢?"

"他们抛弃了我。"

"那么,你的白人伙伴呢——他们又怎么啦?"

"我一个都没有。"她现在转过脸来对着他,但是态度仍然不友好。

"你连一个白人伙伴都没有就来到这么远的腹地?"他的口吻充满怀疑。

"我就是。"

"你打算做什么?你不能一个人待在这儿,我不晓得你没有脚夫能指望什么继续走下去。"

"我已经一个人在这儿待了三天了,我能继续待下去,直到——"

"直到什么?"

"我不知道。"

"给我听着,"他命令道,"你到底来这儿干什么,不管怎么说?"

希望猝然闪现在她脑海,她说:"我在寻找一个人,也许你听说过他,也许你知道他现在在哪儿。"她的声音热切得颤抖。

"他叫什么名字?""老前辈"问。

"杰瑞·杰罗姆。"她满怀希望地仰视他的脸。

他摇摇头:"从来没听说过。"

她眼睛里的希望消失了,蒙上一层欲哭的淡然悲伤。"老前辈"看见她眼里的湿润,感到恼怒。为什么女人总要哭?他铁起心肠,压抑住同情的软弱,粗暴地问她:"你打算拿那些肉怎么办?"

她大吃一惊,眼睛睁得老大,此时没有眼泪,只有恼怒:"你简直不可思议,我只希望你离开我的营地,让我一人待着。"

"我可做不出那种事。"他回答,然后用土著话很快地跟三个随从说了几句。三个随从走过来,抬起野猪。

凯丽又惊又恼,狠狠地盯着他们。她想到自己费了天大的劲儿才把野猪拖到营地,现在就这么给拿走了。她不禁怒火中烧,从枪套里抽出左轮手枪叫道:"那是我的!告诉他们给我留下,不然,我就开枪打死他们!"

"他们只是帮你把它分割了,""老前辈"解释道,"那不正是你要做的,对不对?还是你想自己来剥皮剔骨?"

他的讥讽刺激了她,叫她恼怒,但她明白自己误解了他们的动机。"你为什么不早说?"她问他,"我正要用烟熏肉,我平常很难获得食物的。"

"你以后不必那样做,"他告诉她,"我们会照管食物。"

"你是什么意思?"

"我的意思是只要我还在这里游荡,你就要跟我回我的营地。你在这里并不是我的错,而且你也是个没用的讨厌鬼,就像其他女人一样;可是我不能让一只白老鼠单独留在这里的莽林,更别说是一个白人女子。"

"假如我不想跟你走,那会怎样?"她傲慢地问。

"我根本不在意这事你是怎么想的,"他干脆地回答,"你得跟我走。如果你还有点脑子,你会感激的。指望你会有颗心不过是非分之想。你跟其他所有女人一样——自私、反复无常、忘恩负义。"

"还有别的吗?"她问道。

"有的。冷漠、算计、刁难。"

"你想女人都不怎么样,对吧?"

"你还相当有眼光。"

"那么,我们回到你的营地,你打算拿我怎么办?"她问道。

"如果我们能为你制订一个新的旅行路线,我会尽快把你送出非洲。"他回答。

"但是我并不希望离开非洲。你没有权利命令我。我到这儿来是有目的的,目的达不到,我是不会离开的。"

"如果你到这儿是为了找到那个叫杰罗姆的同胞,这也是我对一个同胞的责任,在你找到他之前,把你赶出去。"

她平视着他,目光停留了好一会儿,揣摩着怎么回答。她从未见过这样的男人,如此坦率、非同寻常。她判断他精神失常,她听说过疯子应该被宠着点,不然会变得粗暴。她决定改变对他的态度。

"也许你说得对,"她承认道,"我会跟你走。"

"那就行了,"他说,"既然这事决定了,我们把别的事也说清楚吧。我一干完我在这儿的事,我们就动身回我的营地。那可能是明天或者后天。你搬过来。我的一个侍从会照顾你——做饭,干所有那类杂事。但是我可不想被女人打搅。你不招惹我,我也不招惹你。我甚至不想跟你讲话。"

"那我俩皆大欢喜。"她向他保证,但语气却有几分尖刻。她是一个女人,在她记忆中,自己一直是男性阿谀奉承的对象,这样的话,即使是出自一个她怀疑神经不正常的卑劣邋遢汉之口,仍然能激起她的愤怒。

"还有一件事,"他加了一句,"我的营地在波伯罗酋长的领地。万一我有什么事,就叫我的随从带你到我的营地那里去。我的伙伴会照顾你的。只要告诉他我许诺把你送回海岸。"他说完就走开,忙着为建造一个简单的营地做准备,并叫一个在割肉的随从过来帮忙支起小帐篷,然后准备晚饭,还吩咐另一个随从去伺候女子。这时已经是傍晚。

那天夜晚,凯丽从自己的帐篷能看见"老前辈"愁眉不展地坐在火堆旁,抽着烟斗。她从远处蔑视着他,相信他是自己遇到过的最讨厌的人,但是又强迫自己承认他的存在给她了一种安全感——从进入非洲开始就再没享受到的感觉。她不禁感叹:即使身边有一个疯狂的白人男子也比没有好。但他真的疯狂吗?他似乎除了对她粗鲁无礼外,其他方面都正常、理智。也许他只是一个脾气暴躁的莽汉,对女人怀有一些想象的怨恨。尽管如此,他可能仍是个谜,而不解之谜总有办法占据人的思想。无论她怎么鄙视他,他还是占满她的头脑,直到睡意向她袭来。

假如知道"老前辈"满脑子里都是对自己的念想,凯丽无疑也会感到惊奇。那些以斗牛狗般的固执纠缠着他无法摆脱那些念头。"老前辈"在烟斗的烟雾中看着她那无与伦比的美丽:他看着她那曲线优美的女性身材,看到了那长睫毛遮着的蓝灰色眼睛的深处,她的嘴唇精巧地弯曲,她那金色的卷发闪着诱人的光泽。

"活见鬼!""老前辈"嘀咕一句,"我干吗偏偏碰见她?"

次日早晨,他一早就离开营地,随身带走两个随从;留下一个拿着一支老步枪保护凯丽,并供她使唤。"老前辈"动身时,她已经起床了,但他没朝她在的方向看一眼就大步迈出营地,然而她还是偷偷望着他离开,对他的补丁和破布片做了最后的贬损评价以满足她的鄙视。"不可理喻的莽汉!"她悄声说道,以便自己憋在胸中对他的怨恨能够发泄一下。

"老前辈"正经历着一段漫长而艰难的日子,他四处搜索却毫无大象的踪迹,他询问过土著人,没有谁能告诉他大象群体的所在地,那不过是谣传,或者是愿望投射在他虚荣心里的一个幻想。

这一天不仅消耗体力,而且消磨精神。找不到他们急需的象牙所在地已经使"老前辈"非常沮丧,但这只是他最小的烦恼。凯丽已经使他魂牵梦萦,整整一天他试图从脑海清除对她的记忆,不去想她那张可爱的脸和那完美身段的轮廓,但那些仍然执拗地萦绕在他心头。起先只勾起他的另一段回忆——对另一个美丽女子的痛苦回忆。但是那个故事渐渐淡化出去,脑海里只剩下凯丽那双蓝灰色眼睛和金黄卷发。

他完成搜索,仍没有发现大象的踪迹,只得返回营地。在往回走的路上,他突然生出一个念头,平息了他的烦躁,并使他赶快回营地去。他已经有两年没有见过一个白人女子,而现在命运把这个可爱的人抛到他的面前。女人究竟对他做了什么?"让我变成一个混蛋!"他自言自语道,"毁灭我的生活。要是没有我,这个女子早就活不下去了,她有欠于我。因为某个女人对我的所作所为,所有女人都有欠于我。所以这个女子也得还我债。"

"上帝啊,她很美!而且她属于我。我发现了她,并且我要留着她,直到我厌倦她。然后我就把她像我被抛弃一样抛弃在路上。看看女人会感觉怎么样!天哪,多美的嘴唇!今天晚上就会是我的。她整个都是我的,我会让她喜欢的。那才公平。我得到这世上迎我而来的东西,我有权利享受一点快乐,以上帝的名誉,我就是要享受。"

"老前辈"走进空地时,一轮硕大的太阳低悬西天。首先进入他眼帘的是那女子的帐篷,那沾满泥的帆布暗示着令人动心的亲昵、帆布遮掩、保护她，也分享她诱人魅力的秘密。像所有与个人紧密联系的亲密物品，帐篷代表了女子个人的某个方面。所以一看见帐篷就深深触动了他，经过几个钟头预想激起的激情，如酒一般涌上他心头。"老前辈"加快步伐，急切想把女子揽入怀中。

不料，他看见一团什么躺在她的帐篷前面，吓得他倒吸一口冷气。他赶快跑过去，身后跟着两个随从，在那团可怕的东西旁边站住，这时他欲望的热情已化作冰冷的恐惧。那是他留下来保卫女子的土著人被残忍肢解的尸体。残酷的爪子从一道伤口撕掉肌肉，伤口可能是什么猛兽抓开的，但尸体的肢解是人干的。

那两个土著人弯腰看一看同伴的尸体，气愤地嘀咕了几句土话，然后一个转身对"老前辈"说："是豹人，主人。"

"老前辈"提心吊胆地走近女子的帐篷，害怕会发现里面有什么，更害怕里面什么都没有。当他掀起布帘一看，果然是他最担心的，女子没有在里面。他最先的反应就是想大声叫她犹如她就在附近的森林里。当他转身这样做时，才意识到自己还不知道她的名字，在这短暂的一刻，这让他先前的幻想化为乌有。假如她还活着，现在已经远离这里，落入那些屠杀她卫兵的恶魔的手中。

愤怒突然像海浪涌来淹没了"老前辈"，他对女子的热切欲望化为对劫持她的人几近疯狂的愤怒。他忘记自己曾使她感到委屈，或许他只想到自己受挫的希望，但此刻他只考虑那女子的孤独无助，考虑她身处险境的恐怖。他浑身充满了援救和复仇的念头，驱逐了那漫长艰辛一天带来的疲惫。

此时已经将近傍晚，但他还是决定马上动身去寻找女子。两个随从按照他的吩咐，匆匆掩埋了同伴的尸体，收拾好两包尚未被掠走的给养和宿营必用品，趁太阳还没落山，跟随主人循着地上的新鲜脚印去追赶豹人。

Chapter 6
叛 徒

奥兰多的信使传达了呼吁打仗的号召，尤腾伽的武士们反应并不热烈。这场攻打豹人部落的战争显然并不十分受欢迎，理由是十分充足的。首先，豹人这个名字就足以在最勇敢的武士心中引起恐惧，豹人阴毒的杀戮方式人尽皆知。其次，这一事实也是人人皆知：作为一个秘密帮会，其成员是从互无亲缘关系的部族中招募来的，有的成员可能是某个武士的朋友，如果是这种情况，跟豹人部落作对的人很容易就被识别并杀害——还是那样残酷的方式！

在图姆拜村举行庆典和开战舞会的次日早上，奥兰多发现数千人的预备远征军中只有一百多个武士响应打仗的号召，这的确有点出乎意料。况且这一百多人中还有几个一夜之间就斗志消沉，这可能是过度狂饮土著啤酒的后遗症。带领头昏脑涨的战士出发去作战，着实令人难堪。

武士们烧起火塘，围着做饭，奥兰多在他们之间四处巡视。这天早晨，很少有人谈话，笑声更少；昨夜的夸夸其谈都消停了。今天，打仗似乎成为一件严肃的事；然而，等他们的肚子填满热食，他们就又会大喊大叫、嬉笑和唱歌。

奥兰多四处询问："木子莫在哪儿？"但是谁都没有看见木子莫。他和尼安韦吉的精灵一块儿消失了。这似乎是个凶兆。有人提出，索比托可能说得对，木子莫也许跟豹人部落是一伙的。这又引起大家询问索比托此时身在何处，他也一样无影无踪。这就更令人迷惑不解，因为索比托一贯早起，只要做饭的陶罐一烧沸就会看见他。一个老人去他的小屋，询问了巫师的妻妾。索比托不见了！他报告这个消息时，大家都停止了谈话。大家想起木子莫和索比托之间的过结，想起索比托曾威胁说木子莫天亮前就会死。有人提出或许死去的正是索比托，而有人却回忆起索比托消失不见并非罕见，他从前就消失过。实际上，索比托在村里好几天神秘地消失不见也很正常。他返回来时，仅讳莫如深地暗示他是跟来自另一世界的精灵和妖魔会谈，汲取他们的超自然神力。

吉布村的卢平古认为面临这样的凶兆他们不应该踏上战争的征途。他在武士们中间偷偷穿梭寻找支持他的人，建议他们放弃打仗，返回各自的村子。但是奥兰多认为放弃是极大的耻辱，他跟他们说，村里的老人和女人会嘲笑他们的。他们说过太多打仗的话，夸过太多海口；如果他们现在不去打仗，他们会丢脸，永远抬不起头。

"但是既然你的木子莫已经抛弃了你，谁来带领我们到豹人的村子？"卢平古问道。

"我不相信他放弃了我，"奥兰多坚决地说，"毫无疑问，他也是去跟精灵会谈了，他会回来带领我们的。"

仿佛是回应奥兰多的话,或者因为他的祈祷,奥兰多话音刚落,一个巨大的身影就从附近一棵树的树枝轻盈地落下,飞向奥兰多。正是木子莫,他宽阔的肩膀上搁着一只野鸭,鸭身上坐着尼安韦吉的精灵,正厉声尖叫,吸引大家注意它的实力。

"我们是强大的猎人,"它叫喊,"瞧我们捕获到了什么!"除了木子莫,谁也听不懂它的话,但尼安韦吉的精灵并不在乎,它并不知道他们听不懂自己的话,以为自己表现得很好,并为此骄傲。

"你去哪儿了,木子莫?"奥兰多问道,"有人说索比托杀了你。"

木子莫耸一下肩:"说话是杀不了人的。索比托只会说话。"

"你杀了索比托没有?"一个老人问道。

"昨晚太阳下山以前,我就没看见过索比托。"木子莫回答。

"他不在村里,"奥兰多解释道,"有人想他也许——"

"我去打猎。你们的食物不好;你们用火烤,糟蹋了食物。"木子莫蹲在树干旁,从猎获的野鸭身上割下肉,低声咆哮着,然后吃起来。武士们惊恐地看着,给他让出一大块地盘。

木子莫吃完饭,站起来伸展了一下巨大的躯干。这一举动让武士们想起了狮子。"木子莫准备好了,"他说,"如果尤腾伽人也准备好了,我们就走吧。"

奥兰多集合起他的武士,挑选了几个队长,并宣布了必要的命令,指导这次行军。这花掉很多时间,因为每个要点都会引起争吵,这跟谁有关,跟谁无关。

木子莫默默站在一旁,揣摩这些人,也在揣摩自己。他们在体格上跟自己很相像,除肤色不同以外,还有许多区别,有他能看出的,还有他不能看出、但能感觉到的。尼安韦吉的精灵既像他们又像自己。但在这二者之间有一个巨大的区别。木子莫困惑地皱起眉头,隐约之间,他几乎想起一件流失的往事,那似乎是破解那个谜的关键所在，但又记不住。他模糊地感觉到自己有一个过去，却不能回忆起来，他只能回想起奥兰多把他从那棵大树下救出以后所遇到的事情和经历。但每当他看见一种似乎新奇的事，他立刻就能认出那是什么——人类、霍加狓或公鹿，甚至每一种进入他敏感的听觉和嗅觉范围内的禽兽。而且他也能清醒地去迎接每天纷沓而至的新事物。

他对这件事想得很多，多到要竭力想下去时常感到困倦，他逐渐得出的结论是在某个地方，某个时候，他肯定经历了许多事情。他曾偶尔问过奥兰多的过去，并知道这个年轻人能够回忆起自己早在幼童时代的事，连细节都记得清清楚楚。木子莫只能记得昨天的一两件事，他最终归结为他的心智肯定处于神灵的心智状态，因此与凡人的不同，由此他认定这是几近不容反驳的神灵状态的证据。他带着神灵的优越感看着人的滑稽举动，蔑视地望着他们。他双臂合抱，默默地站在一旁，一副浑然不觉的样子，毫不在意旁边的斗嘴争吵，也不在意立在自己肩上的尼安韦吉的精灵的乱叫和谩骂。

这一帮吵闹人群终于被训斥得有点规矩了，接着又爆发出阵阵大笑，有人喊叫女人，有人喊叫孩子，之后才动身踏上冒险的征途。一直等到女人和孩子都回家去了，男人们才完全安定下来认真行军，但是卢平古散布的最终灾难的怨言使他们担心起这次征讨的严重后果。

由奥兰多带队，由木子莫做向导，他们一直行走了三天，离目的地越来越近，士气也越来越高涨。卢平古受到讥讽而不再作声。一切似乎都很顺利。木子莫告诉他们豹人村落已经不远，明天早晨他先单独去那里，做一番侦察。

第四天拂晓，武士们人人斗志昂扬。奥兰多不停地激发他们对残杀尼安韦吉的凶手的愤慨，不停地提醒他们别忘这一事实。尼安韦吉的精灵就跟他们在一起，在看守他们，保护他们，而他的木子莫也在这里确保他们获胜。

武士们蹲在烧早饭的火塘旁时，有人发现卢平古不见了。大家仔细地查遍营地也找不到他，都以为他因接近敌军而胆怯逃跑。这临阵逃跑的懦夫行径激起大声的咒骂、尖刻的讥讽。当木子莫和尼安韦吉的精灵悄悄溜掉奔向豹人村时，大家仍然在愤怒地声讨卢平古的胆小怯懦。

凯丽脖颈儿上拴着一根绳子，被半领半拽地在莽林中穿越行进。一个强壮的年轻土著人拉着绳子的另一端走在前面，他前面有一个老人在带路，凯丽身后还跟着一个年轻土著人。三个人都穿着古怪的豹皮，蓬松的头上诡谲地带着合适的豹头，手指上安着弯曲的钢爪，牙齿尖锐，脸上画着狰狞的图案。三人中，那老人的最恐怖，而他显然是头儿。因为其他两个对他卑躬屈膝，俯首帖耳地听从指挥。

凯丽听不懂他们说的话，等待自己的将是什么命运，她一无所知。虽然他们还没有伤害她，但她能预感这场恐怖的劫持绝无善果。牵领她的年轻人只要她一碰磕，一趔趄，就会冲她发怒，但还没有做出真正的残忍举动。他们狰狞的外表使她产生最恐惧的预感，而且她总忘不掉那留下来保护她的忠诚的黑人被屠戮的恐怖景象。

想到那个土著人使她联想起留下他保护自己的那个白人。她曾害怕他，不信任他，甚至想摆脱他。现在她宁愿能回到他的营地，这倒不是因为她现在更敬佩他，而是因为她认为两种邪恶中他比较轻。在她的回忆里，她把他看作一个性情乖张的莽汉，一个她所遇见的最不讨人喜欢的人。但是他身上有什么引起了她的好奇：他的英语绝非未受过教育的人说的，但他的衣着和对她的态度使他看起来像处在最低的社会阶层。虽然他占据了她的头脑，但他仍是一个难以解释的谜。

两天以来，劫持她的人都沿着阴暗的小路走。他们没有经过任何村子，也没遇见任何人。到第二天傍晚，他们突然来到河边一座围着栅栏的大村寨。太阳还没落山，但挡住入口的厚重寨门紧紧关闭着。等到他们走近时，老人跟卫兵简短地问答之后，他们就被放了进去。

豹人的据点在加托·姆贡古的村寨。加托·姆贡古是一个一度势力强大的部落的酋长，该部落后来人口减少，现今又增多但仅限于这个村寨。加托·姆贡古也是豹人部落的酋长，有权行使邪恶权力，其势力远在许多人口众多的村子和部落的酋长之上。这主要是因为他管理的豹人部落是从互无血缘关系的部族和村寨招募而来，并且通过严厉而残酷的帮规强化成员的忠诚。加托·姆贡古要求其成员对他保持第一忠诚，高于他们对自己的部落和家人的忠诚。因此，在一百英里的半径以内，几乎每个村子都有加托·姆贡古的追随者，他们向他通报其他酋长的计划，一旦豹人头领下令，他们必须杀掉自己的族人。

加托·姆贡古村寨的全体居民都是秘密帮会的成员。在其他村子，他的追随者并无人知晓，或者仅被怀疑是这个可怕的秘密帮会的成员。在大多数村子，假如遇到突然神秘的死亡就能辨别出豹人，因为那些死亡令人恶心。如果儿子知道父亲是帮会的成员，便会杀了他。但人们太害怕豹人，以至于只敢秘密地处死那个被招募进豹人帮会的同胞，避免帮会的愤怒和恐怖的报复落到自己头上。

在遮天蔽日的莽林深处某些隐秘的地方，边缘地区的豹人会举行他们可恶的帮会仪式。另外一些重大场合，豹人则聚集在加托·姆贡古的村寨，近旁有他们的神庙。现在就是这样的一个聚会场合，当凯丽被拽进大门走上主街时，她看到村寨挤满武士，还有少数妇女和孩子。

那些妇女衣着邋遢，面目狰狞，牙齿尖尖，活似一群鹰身女妖，见到她便争先恐后地要扑过来，想把她撕成碎片，但是被看守们用长矛拦在四方，挡在外面。这时，那个老人大声喊起来，他愤怒的声音和权威的口吻立即使妇女们后退，尽管如此，她们还是朝俘虏投去愤怒、恶毒的目光，似乎是在警告她一旦落入她们手中，绝对没有好下场。

三个劫持者紧紧地看护着她，带领她穿过一群游荡的武士，来到一座大草房，前面坐着一个大腹便便、满脸皱纹的老黑人，他就是加托·姆贡古——豹人的酋长。当四个人走近时，他一看见那白人女子，那平常总是从红肿的眼帘间露出的布满血丝的双眼，此时闪现出喜悦的光芒。然后，他认出老人，跟他讲话。

"你给我带礼物来了，鲁力密？"他问道。

"鲁力密带来了礼物，"老人回答，"但并不只是给加托·姆贡古。"

"你什么意思？"酋长皱起眉头。

"我带来了一件礼物给全体族人，也给豹神。"

"加托·姆贡古不跟别人分享奴隶！"酋长咆哮起来。

"我没有带来奴隶。"鲁力密反驳道，他显然并不十分害怕加托·姆贡古。为什么呢？难道是因为他是豹人部族一位势力强大的祭司？

"那么，你为什么把这个白人女子带到我的村寨来？"

这时，人们围成一个半圆形，伸长脖子兴致勃勃地看着俘虏，竖起耳朵去听他们小世界中两个伟人的对话。鲁力密十分感激这些听众，因为能站在舞台的中心，四周围满轻信而无知的听众，这令他获得了从未有过的开心与满足。

"三天前，我们躺在森林里，远离加托·姆贡古村寨，远离豹神庙。"他已经看到他的听众都竖直了耳朵，"那天夜里漆黑一片，四周有狮子游走，还有豹子。我们一直在烧篝火，想吓跑它们。轮到我看守时，其他人都睡了。突然，我看见两只绿色的眼睛在火光之外闪现，像燃烧的煤一样闪闪发光，它们越走越近。我非常害怕，但我不能动弹，也叫不出声来，我的舌头像粘在我的上颚上，嘴巴无法张开。那两只可怕的眼睛越来越近，一直来到篝火的前面。我看到一头巨大的豹子——一头我所见过的最大的豹子，我想我的末日已经来了，我就要死了。我等它纵身扑到我身上，但它并没有，而是张开嘴，对我说话。"鲁力密停下来，看到一张张目瞪口呆的脸。

"它跟你说什么？"加托·姆贡古追问道。

"它说：'我是豹神的兄弟。他派我来找鲁力密，因为他信任鲁力密。鲁力密是个伟大的人，非常勇敢、机智，谁也没有鲁力密懂得多。'"

加托·姆贡古显出不耐烦的样子："豹神派他的兄弟走三天的路就为了告诉你这个？"

"它还告诉我其他事，很多事。有些我可以报告，但是有些我永远都不能说。只有豹神、他的兄弟和鲁力密知道这些事。"

"这一切跟那个白人女子又有什么相干？"加托·姆贡古问道。

"我正要讲这件事，"鲁力密懊恼地回答，他不喜欢被人打断，"然后，豹神的兄弟询问了我的健康后，告诉我，第二天我得去某个地方,在那里我应该找到一个白人女子。她会单独和一个黑人男子在莽林中,它吩咐我杀死那个黑人,然后把这个女子带到它的庙堂,成为豹人部族的女大祭司,这事鲁力密会办的。今晚鲁力密就把这位白人女大祭司带到神庙去。我说完了。"

这时,大家都陷入敬畏的沉默。加托·姆贡古看似很不高兴,但是鲁力密是一位势力强大的祭司,一般民众都敬仰他,而且他通过这个神奇的故事又大大提高了他的威望。加托·姆贡古对男人的了解足以做出理智的判断,但同时他也是一个精明的老政客,着眼于未来。他知道大祭司艾米戈格已经年迈体衰,活不了多久,而鲁力密蓄谋已久,无疑将接替艾米戈格。

现在,一个对加托·姆贡古友善的大祭司十分有助于提高酋长的权力和威望,顺便也能增加他的收入;而一个怀有敌意的大祭司则可能威胁他的升迁。因此,尽管加托·姆贡古明知鲁力密是一个老骗子,他讲的故事无疑是瞎编的,但加托·姆贡古还是抓住这个机会,为他们之间未来的合作打下基础。

许多武士已感觉出酋长先前的态度对鲁力密怀有敌意,明显地在等待酋长的暗示。只要加托·姆贡古一跳起来,大部分武士也会跳起来;但是当必须选择艾米戈格的继任者的那一天来临,只有祭司们才有权做出选择,而加托·姆贡古知道鲁力密记性很好。

当他清一下王者的嗓子时,所有的目光都集中在酋长身上。"我们已经听到鲁力密的故事了,"他说,"我们都知道鲁力密。他在他自己的村里是一个大巫师,虽然在豹神庙里,没有比艾米戈格更大的祭司。豹神的兄弟竟然对鲁力密说话,这并不奇怪——加托·姆贡古只是一个打仗的人,他不会跟神和妖魔交谈。这不是武士的事,是祭司的事。鲁力密所说的我们都相信,所以我们还是把白人女子带到神庙去吧。豹神和艾米戈格会知道莽林豹对鲁力密说的是不是真话。难道我的舌头没有说出明智的话,鲁力密?"

"加托·姆贡古酋长的舌头总是说出明智的话。"鲁力密回答,有些窃喜,酋长的态度并不像他所担心的那样敌对。因此,这个女子的命运是由腐败的政治家和贪婪的神职以及偶然性所决定的,这表明非洲的愚昧在某些方面与我们的一样"文明化"。

当他们准备将女子带到神庙的时候,一个汗流浃背、气喘吁吁的武士走近村寨大门。被拦住后,他出示了豹族的秘密徽章,又被放了进去。门道里充满激动的叽喳声音,但是对于所有提问,这个新来的人都坚持说,他有紧要事必须立即报告给加托·姆贡古,于是他被带到了酋长面前。

他站在加托·姆贡古面前,又出示了豹族的秘密徽章。

"你带来什么消息?"酋长问道。

"罗本戈酋长的儿子奥兰多带领一百名尤腾伽武士正在赶来的途中,离这里只有几个钟头的路,准备来袭击你的村寨。他们是来报复的,为你的部族成员杀害了图姆拜村的尼安韦吉报仇。如果你立即派武士躲在小道旁边,就可以伏击尤腾伽人并杀死他们。"

等信使详细地描述了位置之后,加托·姆贡古命令一名副酋长招聚三百名武士并向侵略者进发,然后他转向信使。"我们今晚将共飨我们的敌人,"他咆哮道,"你会坐在加托·姆贡古旁边,并有最好的膳食。"

信使回答道:"我必须返回去,以免被怀疑给你报信。"

"你是谁?"加托·姆贡古问道。

"我是吉布村的卢平古,在尤腾伽领地。"信使回答。

Chapter 7

俘 虏

虽然不清楚周围发生的事情意味着什么,但凯丽感到周围的兴奋和活动与信使带来的什么消息有关。她看到武士们匆匆装备好自己,离开村寨,心里浮现一个希望,但愿他们要去相遇的敌人会是前来寻找她的营救队。推论的理由正相反,但愿望并不理智,只是她想抓紧救命的稻草。

武士队伍离开后,人们的注意力又集中在女子身上。鲁力密这时显得很有权势,他命令周围的人朝左朝右退开。二十名带着长矛和盾牌、扛着桨的男子围着她组成一个护卫队。在鲁力密的带领下,他们穿过村寨大门,走到河边。在这里,他们把她放在一条大独木舟上,悄悄推下河去,因为知道敌人并不遥远,所以没有像平常类似场合那样唱歌或呐喊。他们只是悄悄地把桨伸进湍急的水流,一直靠近加托·姆贡古村寨放下独木舟的同一侧河岸,让独木舟快速地顺着水流驶进宽阔的大河。

可怜的凯丽！他们取掉她脖上的绳子，现在对待她也有少许的尊敬，掺杂着敬畏，因为鲁力密说她是豹神的女大祭司！但是，她对此一无所知，她因绝望而麻木，只能望着河岸迅速移动的绿色景物，猜测着：他们要把她带到哪里？去面对什么可怕的命运？她注意到护卫队的沉默和匆忙，也回想起信使到村寨以后引起的激动，还有作战队伍的仓促出征。

所有这些事实结合起来表明，绑架她的人们正在快速让她远离救援队。但谁能组织这样的远征队？谁又知道她的困境？好像只有那个穿有补丁衣服的尖刻男人。但即使他很愿意这样做，他又有什么能力来营救她呢？

显而易见，他不过是个一无所有的穷流浪汉，他的人员现在只有两个土著人。他告诉过她，他的营地离他遇到自己的地方还有好几天的路。自从她被绑架，几天过去了，即使他的营地存在，虽然她怀疑到底有没有，他也不可能有时间从那获得增援。她无法想象这样一个可怜的穷汉何以调动任何资源。因此，她不得不放弃对这个来源的营救希望，但希望并没有消失。在非常危急的最终时刻，人们总会期待一个奇迹出现。

独木舟顺着河流迅速行驶了一两英里，船桨悄悄地随着钟摆般的规律一上一下，突然，独木舟的船头被转向河岸的方向。在他们前方，凯丽看见主河道有一个小入水口，此时独木舟正滑入缓流的水域。

巨大的树木在狭窄蜿蜒的溪流上方隆起，树干之间长满浓密的灌木丛，厚实的藤蔓和常青藤缠绕遍布苔藓的树枝，或者一动不动地悬挂在令人窒息的空气中，几乎垂到水面；瑰丽的花朵映照青翠的枝叶，绚丽多彩。这是一个美丽的景象，但它四周飘荡着一种神秘和死亡的气息，像有毒的瘴气一样。这使凯丽想起一个可爱的女人，她美丽的外表下隐藏着恶毒的灵魂。她觉得寂静而沉重的空气中有一股腐烂的气息在压迫自己。

前面，一个庞大的黏糊糊的身体从一根腐烂的木头上滑入缓流的河里，是一条鳄鱼。独木舟悄无声息地在阴暗中滑行，凯丽看到河里游弋着相当多的鳄鱼，它们的出现令她感到更加压抑。

她试图振作起自己低落的情绪，去回忆自被从村寨转移以来，她一直坚持怀抱的希望。幸运的是，她之所以能这样安心，是她不知道自己的目的地，也不知道它唯一的途径是经过这条鳄鱼出没的河流。除这条恶臭的河流外，没有其他路径可以穿过树木稠密的莽林到达隐秘诡谲的豹神庙堂，而这条通道除豹人外无人知晓。

独木舟溯流行驶了几英里后，凯丽看到前方右岸有一座大茅草房顶建筑。因为她过去几个月看到的都是普通的土著小草屋，这座建筑的规模令她惊讶不已。草房长二百英尺，宽五十英尺，高不低于五十英尺。与河道平行，主要入口在他们靠近的一端。宽阔的阳台走廊横过草房正面，沿面向河道的一侧延伸。整座房子建在木桩上，离地面约十英尺。她对这草房一无所知，其实这就是豹神的庙宇，而她命中注定将成为豹神庙的女大祭司。

独木舟划近草房时，从里面涌出许多男人。鲁力密一直蹲坐的船底，此时站起来，向门廊上的男人大喊几句。那是帮会的暗号，寺庙的一个卫士做了回应，随后独木舟泊上岸边。

几个好奇的祭司围着鲁力密和凯丽，并护送他们到寺门台阶。走上宽大的门道，两旁有雕刻古怪的图像。进入灯光半明半暗的堂内，凯丽发现自己来到一个宽敞的厅堂，头上高处露出橡棱。支柱上挂着诡异的面具，还挂着盾牌、长矛、短刀和人头骷髅。地板四处站着一个个雕刻粗糙的偶像——一个人体配着某种动物的头，工艺如此原始，以至于凯丽并不能看出指代的是什么动物。她想，可能是一头豹子。

在他们进去的厅堂尽头，她看到一个黏土铺成的凸起的大平台。上面有一个小王座，比地面高几英尺，约五英尺宽，十英尺长，上面覆盖着野兽的皮毛。靠近小王座的背，有一根撑着一个人头骷髅的厚重木柱放在中间，她当时只记得这些细节，但她以后会有理由记得更为生动。

鲁力密带她走向王位时，一位非常年迈的老人从背后墙上的门洞现身并朝他们走来。他有一张拒人千里的狰狞面孔，对她怒目而视，紧皱眉头，令他的面孔更加狰狞可怕。

当他昏花的老眼落在鲁力密身上时，闪现出一丝辨认的微光。"是你？"他嘀咕了一声，"但是你为什么带这个白女人来？她是谁？一个祭品？"

"听着，艾米戈格，"鲁力密低声说，"你好好想一想，还记得你的预言吧。"

"什么预言？"大祭司好奇地问。他年纪很大了，记忆有时会跟他开玩笑，虽然他不愿意承认。

"很久以前，你说过有一天一个白人女祭司会跟你和豹神坐在一起，坐在这大庙堂的王座上。现在你的预言应该实现了。这就是鲁力密带来的白人女祭司，就像你预言的一样。"

现在，艾米戈格不记得自己曾经说过这样的预言，因为他绝无任何理由去许诺这样的预言；但是鲁力密是一个奸诈的老人，他比艾米戈格本人还了解艾米戈格。他知道这位老大祭司正在迅速地失去记忆，而且他还知道，艾米戈格对记性变差这件事非常敏感，以致于他不敢否认自己曾讲过如鲁力密讹传在他身上的预言。

由于他自己的理由，鲁力密希望有个白人女祭司。这对他将有什么利益回报现在还不完全清楚，但是祭司的心智常常超出俗人心智的范围。也许他的理由对好莱坞的宣传代理人来说可能显而易见，但无论如何，他为确保接受女祭司采取的方法是完全成功的。

如鲁力密所愿，艾米戈格吞下了诱饵、鱼钩、钓线和坠子。他摆出权高势重的威严，说："艾米戈格跟妖魔和精灵交谈，他们告诉了我一切，当我们为豹神和他的祭司共飨人肉时，这个白人女子将被任命为本教的女大祭司。"

"那不久就会到来。"鲁力密宣布道。

"你怎么知道？"艾米戈格追问他。

"我的木子莫找到我，告诉我现在加托·姆贡古村的武士今天会出战，返回时会带来足够所有人吃的食物。"

"好，"艾米戈格马上叫道，"正如我昨天对几个小祭司预言的那样。"

"那就是今晚了，"鲁力密说，"现在你要让人给这个白人女子做好准备。"

听到这个建议，艾米戈格拍了一下手，随后几个小祭司走到他面前。"带那个女人，"他指示其中一个，"到女祭司的住处，把她要成为本教女大祭司的事告诉她们，并且要她们给她做准备，还有，她们要负责她的安全。"

小祭司带领凯丽穿过王座后面的门洞，她发现自己来到一条两旁都是房间的走廊。他领她来到一道房门，让她上前进去。这是一个大房间，里面有十几个年轻女人，个个赤身裸体，只穿一条小丁字裤。还有一个牙齿掉完的老巫婆，小祭司要交代的人正是她。

凯丽进入房间的那一瞬间，这些女人对她的愤恨举动在听到护卫的第一句话就停止了。

"这是豹神的新女大祭司，"他宣布，"艾米戈格下达命令，要你们为今晚举行的仪式帮她做好准备，如果她受到任何伤害，你们将被追究责任。你们都知道艾米戈格愤怒的后果。"

"把她交给我好了，"老妇人嘟囔道，"我在寺庙已经服务了很多个雨季了，但是我还没被拿去填豹神的肚子。"

"你太老太硬！"一个年轻女人朝她咆哮道。

老巫婆反驳道："你还不老，但最重要的是，你得小心不要惹艾米戈格生气，也不惹姆姆加生气。你走吧。"她吩咐小祭司，"这个白人女子跟老姆姆加在一起就会平安无事。"

小祭司离开房间后，女人们都围在凯丽四周，仇恨扭曲了她们的脸，她们撕破了她的衣服，把她推来搡去，一直在激动地嘀咕；但她们没有伤害她，只在她身上留下几道抓痕。

凯丽根本不明白为何把她带到这里，同样，这些女人为何摆布她，她也困惑不解。她们的举止给她不好的预感，让她感觉她们最终会杀了她。她们可憎的面孔、尖厉的黄长牙、愤怒的声音和目光给她留下了恐怖的印象，毫无疑问，自己处境十分危险；或许是这些魔女的欲望十分邪恶，但她们所畏惧的权力限制了她们。她只看到她们对自己的态度充满威胁，以粗暴、野蛮的方式处置自己。

她们把她的衣服一件接一件地从她身上剥下来，直到她比她们更赤裸地站着，然后她们为抢她的衣服互相争斗，这给了她一个喘息的机会，第一次有机会观察周围的环境。

她看出这是一间女人们共同睡觉、吃饭的公寓。两侧铺着一张张草垫，很显然是她们的床。屋顶有一个洞，正下方是一个黏

俘虏 | 069

土炉膛，仍然焖烧的炉火冒出烟雾，通过洞口飘出去。但是烟雾大多弥漫在高高的顶棚的椽子之间，再降落下来，公寓里四处弥漫着呛人的烟雾。炉膛上面和旁边放着几个烹饪陶锅，沿墙边的地板上随便放着几个陶罐、木箱、布筐和皮袋，许多用具都靠近睡垫。墙上的木钉挂着一系列饰物和首饰：串珠、人牙和豹牙项链、铜和铁的手镯、铜和铁的脚镯、羽毛头饰、金属和皮革胸甲，还有用黑斑豹皮和黄豹皮制成的无数件服装。公寓里所有的东西都原始野蛮，与原始野蛮的住户保持一致。

对她最后一丝服装的争夺终止后，这些女人再次把注意力转向了凯丽。老姆姆加对她说了很长的话，但凯丽只是摇头，表示听不懂。然后老女人说了一句话，她们再次抓住她，把她扔在一个肮脏的睡垫上，又拖过来一个瓦罐。

两个年轻女子开始用一种难闻的油在她身上搽抹，瓦罐底可能有些馊黄油。她们粗糙的手把油揉摩进身体，直到她的肉几乎像新生的一样；然后把一种闻起来像月桂叶但涂在身上像火烧一样刺痛的绿色液体，倒在她身上，再次擦拭，直到液体蒸发完。

这个苦难终于结束时，她感到虚弱、恶心。她们给她穿上衣裳。这个仪式伴随着许多争论，其间有几次有人被派去请教艾米戈格，并到寺庙的其他地方取服装。最后，她们似乎对自己的手艺感到很满意，而凯丽穿着几件她平生从未穿过的可笑衣服，鹤立鸡群地站着。

首先，她们根据她苗条优雅的腰给她配上一条母胎小豹皮制成的腰裙，然后，在她的一个肩膀披上一张色泽鲜艳、带着黑亮斑点的黄豹皮。这件衣服一端有优雅的褶皱披到膝盖，另一端则较短，一条豹尾巴松散地围着她的臀部。

环绕她脖子的是一条人牙项链；她的手腕和手臂戴满沉甸甸

的手镯,至少有两件她认为是黄金的。她的脚踝也以同样的方式装饰,然后她的脖子又被挂上更多的项链。她的头饰包括一个豹皮王冠,插满各色各样的羽毛,全都环绕她的头部。但最后的画龙点睛却令她打了一个恐惧的寒战:她的手指被安上弯曲的长金爪,使她回想起曾经勇敢地保护自己的那个土著人被残忍杀害的场景。

凯丽就这样被装扮妥当,等待被任命为豹人野兽神的女大祭司。

Chapter 8
揭露叛变

木子莫在森林里漫游，他很享受远离那些吵闹、吹嘘的男性生物，独自一人。虽然，尼安韦吉的精灵也天生爱吹嘘，但木子莫从未在意过它。有时木子莫会训斥，要它表现得像个男人；只要尼安韦吉的精灵能记住，它就安静，但它的记性很差。只有木子莫的眼睛显出某种严肃的表情，用低沉的声音半说半吠时，尼安韦吉的精灵才会安静许久，但那只发生在需要安静的重要时刻。

木子莫和尼安韦吉的精灵很早就离开尤腾伽营地，目的是去落实和侦察豹人村寨，但时间对木子莫毫无意义。他动身去做的事，一旦他觉得时机成熟了就会马上去做。所以木子莫在发现豹人村之前，整个上午的时间都可以供自己消遣。

豹人武士们已经出发去寻找来自尤腾伽的敌人，但木子莫却没遇见他们，因为他从营地出发挑了一条迂回小路走到了豹人村庄。凯丽也被带到了神庙，尽管她还在那里，但她的存在对奥兰多的祖先精灵没有任何意义,木子莫并不关心白人的命运,而是关心黑人的命运。

他隐藏在附近一棵树的枝叶后,看见前面的村庄跟宁静的图姆拜村并无多少区别,只是这个村寨的栅栏更高大更结实。村寨主街上有几个男人、几个女人,男人在树荫下游荡,女人在忙着操持她们无穷无尽的家务活,而世界各地的媒体八卦却还在歧视她们的性别。

至少一开始,木子莫对他所看到的并不很感兴趣,因为没有武士的壮观场面。假如一百个尤腾伽武士能袭击村寨,他们可以轻而易举地报仇雪恨。然而,他注意到寨门又厚又高,紧紧关闭;门旁的栅栏阴影处蹲着一个负责警卫的武士。他想也许晚上行动会更好,找几个敏捷的战士偷偷爬过栅栏,再打开大门放进同伴。他最终决定,这事由他自己来做,不需要别人帮助。对木子莫来说,偷偷潜入这个村寨十分简单。

他突然注意到一座大草房前面有一群人。其中有个大汉,直觉告诉他这是个头儿,还有几个人在跟头儿交谈。但吸引他注意的不是这个头儿,而是另一个人。木子莫立即认出了那人,不由得眯起了灰色的眼睛,他想不出卢平古来豹人村里做什么?显而易见的,他不是俘虏,而且他和那些人之间的谈话也是友好的。

木子莫静静等候。不久,他看到卢平古离开酋长草屋前的人群,走向村寨大门。他看到卫士们打开寨门,卢平古走出去,朝尤腾伽人营地的方向走去,消失在森林里。木子莫感到迷惑不解:卢平古要去做什么?他已经做了什么?也许他曾暗中刺探过豹人,现在正返回去给奥兰多提供情报。

木子莫悄悄从他藏身的那棵树溜出来,穿过树枝跳到卢平古走的小路旁的树林中。而卢平古对盘旋于自己头上的复仇之神毫

揭露叛变 | 073

无察觉，正轻快地跑向他已背叛了的部落的营地。

此时从前方远远传来声音，传到木子莫的耳里，那是卢平古的耳朵听不见的声音。声音告诉他，许多人正穿过森林朝着他的方向赶过来。木子莫一意识到那是武士们匆匆行军的声音就离开小路走了几步，躲进树丛里。

木子莫隐藏在树上的枝叶间等候，他已经闻到即将到来的士兵的气味，但没有辨出他所熟悉的任何东西。这是武士的气味，混合着鲜血的气味。其中一些人受了伤，他们曾打过仗。

此时，他们走近了，他看见他们不是尤腾伽人，正如他的鼻子已告诉他的那样。他猜测他们来自豹人村，现在正返回去。这就是他看到村里武士不多的原因。他们去过哪里？他们是否跟奥兰多的小部队作过战？

显然，无论他们打过什么仗，对手一定是奥兰多，而且已经击退了对方；但尤腾伽人怎么样了？与一支人数远远超过他们的部队作战，损失一定很大。但这一切只是猜测，此时他要找到尤腾伽人了解真相。与此同时，他必须密切关注仍躲藏在小路另一边的卢平古。

豹人走过后，卢平古从隐蔽的地方走出来，继续赶路。而在他的上方，离他稍远的后方，跳跃着木子莫和尼安韦吉的精灵。

他们最后到达尤腾伽人驻扎的地方时，只发现最近战斗的严酷残痕，但尤腾伽人不在那里。卢平古环顾四周，狡猾的脸上露出满意的笑容，自己没有白费心机，豹人至少把尤腾伽人赶走了。然而他和木子莫都明白豹人的胜利绝非决定性的。

卢平古犹豫了一会儿，是去追随前同伴，还是去参加白人女祭司在寺庙受封的仪式？最后他决定采取安全措施，重新加入尤腾伽人的队伍，以免长期缺席引起他们对他的怀疑。他不知道这件事根本不在他掌控之中，也不知道有一种远远大于自己能力的力量潜伏在他的上方，并完全读懂了他的心思——这种力量会挫败他返回加托·姆贡古村的企图，并会强行将他带到奥兰多的新营地。

卢平古沿着尤腾伽人撤退的平坦小路跑了几英里，才被一个哨兵拦下。哨兵认出来人是卢平古，就放他通过。过了一会儿，他一走进营地，就发现里面四处长矛林立，神经绷紧的武士们纷纷跳起来拿起武器，冲向哨兵。

地上有一些受伤的士兵在呻吟，营地一边并排躺着十具尤腾伽武士的尸体，埋葬队正在挖一个浅沟以便把尸体放进去。

卢平古寻找奥兰多的时候，武士们向卢平古提出一连串的问题，并向他投去愤怒或怀疑的眼神，告诫他，他的故事必须极有说服力，否则对他不利。

奥兰多面带怀疑的怒容迎接他，问道："我们都在战斗时，你在哪里，卢平古？"

"我也一直在战斗。"卢平古圆滑地回答。

"我可没看见你，"奥兰多反驳道，"你今天早上就不在营地，你去哪里了？要当心你的舌头说谎话。"

"我的舌头只讲真话，"卢平古坚持道，"昨晚我对自己说：奥兰多不喜欢卢平古，很多人都不喜欢卢平古，因为我建议你们不要和豹人作战，所以你们都不喜欢我，现在我必须做点什么来显示自己是一个勇敢的武士，必须做点什么来能让大家不受豹人的伤害。"

"所以天还没亮，我就从营地出发去搜寻豹人村，我打算监视他们，再来向奥兰多报信，但是我没有找到那个村寨，我迷路了，我正在寻找村寨时，遇到了许多武士，我没有跑，就在那里跟他们斗起来,我杀死了三个人。后来几个人从后面跳出来捉住我,我成了他们的俘虏。我知道我落到了豹人的手中。"

"后来他们跟你们斗起来。我看不见这场战斗,卫兵把我押在后面很远的地方。但过了一会儿,豹人逃跑了,我知道尤腾伽人已经战胜了,便趁机逃脱,藏了起来,等他们撤退后,马上就赶来营地。"

奥兰多可不是傻子,他并不相信卢平古的故事,但他也猜不出事实真相。他对卢平古逃跑行径最糟的解释是大战来临前的怯懦,但对这种行径的惩罚只应该是战友的蔑视,以及他回到吉布村时,女人们对他的讥讽。

奥兰多耸了耸肩,他还有其他更重要的事要考虑。"如果你想赢得武士们的赞扬,"他建议说,"留下来和我们并肩战斗。"然后他转身走开。

当木子莫和尼安韦吉的精灵从悬垂的树枝上出人意料地出现在尤腾伽武士中间时,担惊受怕的他们不由得大吃一惊。顿时五六十根长矛又紧张地舞动起来,只要有一人动手,武士们就会随时投掷或刺杀出去;但当看清来者是谁时,他们都平静下来,或许感到更自信一点,因为这两个友好精灵的出现对于一群畏惧敌人重返、几近失败的武士们而言,无疑是最大的欣慰。

"你们打过一场仗,"木子莫对奥兰多说,"我看见豹人逃跑了,但你的人表现得好像他们也被打败了。我不明白。"

"他们来到我们的营地,攻击我们,而我们没有防备,"奥兰多解释说,"我们许多人是在他们第一次冲锋时遇难或受伤的,但尤腾伽人很勇敢,振作集结起来,打退了豹人,杀死了他们许多人,也杀伤了许多人。然后豹人逃跑了,所以我们战斗比他们更勇敢。"

"我们没有追击他们,因为他们的人员远远超过我们,战斗结束后，我的战士担心他们可能会带更多的人返回来，他们不想再打仗了。他们说我们打赢了，现在已经为尼安韦吉完全报了仇，他们想回家。因此我们来到了这个新营地，埋葬了我们战死的人。明天我们请神决定做什么。我不知道要做什么。"

"然而，我想知道的是，豹人怎么知道我们在这里。他们对我们大声说，豹神已经派他们到我们的营地，为一场盛宴获取大量肉食，说今晚他们会吃掉我们所有的人。这些话吓得大家都想回家。"

"你想知道是谁告诉豹人你们会来，你们的营地在哪里吗？"木子莫问道。

卢平古的眼睛突然显出一种恐惧，并偷偷朝丛林溜过去。

"看住卢平古，"木子莫命令道，"免得他再去'窥探豹人'。"

木子莫话音刚一落，卢平古就狂奔起来。但是十几个武士挡住了他的路，把边挣扎边抗议的卢平古拖了回去。

"那不是一个神告诉豹人尤腾伽人要来了。"木子莫继续说，"我潜伏在他们村寨的一棵树上，看到卢平古跟豹人酋长交谈，他们非常友好，好像双方都是豹人一样。卢平古离开村寨时，我跟踪他，看见他遇见撤退的豹人就躲了起来。我跟随他进入尤腾伽人的营地，听见他的舌头向奥兰多说谎。我是木子莫，我说完了。"

霎时四处响起要复仇的嘶哑呼喊，武士们扑到卢平古身上，把他撞倒了。假如木子莫不干预，他会立刻被杀掉。木子莫抓住那个可怜人，把他挡在自己巨大的身体后面。而尼安韦吉的精灵逃到一棵树上，兴奋地尖叫起来，在狂怒中上蹿下跳，尽管它不知道这一切究竟是为什么。

"不要杀他，"木子莫严厉地吩咐道，"把他留给我。"

"叛徒必须死！"一个武士大喊。

"把他留给我。"木子莫又说一遍。

"把他留给木子莫！"奥兰多命令道。最后，武士们只好愤恨地放弃向这个可怜虫下手的强烈意图。

"拿绳子来，"木子莫命令道，"绑住他的手腕和脚踝。"

武士们照木子莫的吩咐七手八脚做完后，在他和卢平古前面站成一个半圆，期待目睹囚犯的死刑，他们相信这将会采取某种超自然的、特别残暴的形式。

他们看见木子莫把那男人举到自己宽阔的肩膀上，然后跑了几步，轻盈地跳到空中，仿佛身上没有任何负担。他抓住一根低垂的树枝，向上一荡，消失在上方的树荫里，融化进正在降临的黄昏阴影中。

Chapter 9
豹　神

　　黑夜降临,悬挂在森林树冠上的半轮太阳,骤然西沉。夕阳的余晖将一条宽阔河道的河水映照成一片闪闪发亮的熔金。一个衣衫褴褛的白人从木薯地旁边的一条森林小路走出来。这片广阔的木薯地对面是一座设有栅栏的村寨,栅栏投下长长的阴影,迎接他和两个黑人伙伴后面的森林阴影。在他的右边,森林环抱田野,俯瞰着村寨后面的栅栏。

　　"不要再走了,主人,"一个土著人提醒道,"这是豹人的村寨。"

　　"这是老加托·姆贡古的村寨,""老前辈"反驳道,"我过去跟他做过交易。"

　　"那天你带着很多随从,带着枪支;那天加托·姆贡古就是一个生意人。今天你只带着两个男孩,你会发现那个老加托·姆贡古是一个豹人。"

　　"胡说!""老前辈"喊道,"他不敢伤害白人。"

"你不了解他们,"他的随从们坚持说,"假如没有人看见,他们为了肉,连自己的母亲都会杀的。"

"我们看到的每个迹象都表明那个女子被带到了这里,""老前辈"争辩道,"是豹人也好,不是豹人也罢,我反正都要进村去。"

"我可不想死。"土著人说。

"我也不想。"他的同伴赞同说。

"那么在森林里等我,等到早晨森林的阴影离开了栅栏,如果到那时我还没有回来,就回到年轻主人等待的营地,告诉他我已经死了。"

两个土著人摇摇头:"不要去,主人。那个女人又不是你的妻子,不是你的母亲,也不是你的妹妹。你干吗要为一个跟你不相干的女人去死呢?"

"老前辈"摇了摇头:"你不会明白的。"他也不知道自己到底明不明白。他隐约地意识到,推动他前往的力量并非由理性支配,其背后是某种秉性的东西,经过无数代他这个种族的遗传进入他的肌理,这种东西正是责任。也许还有另一种更强大的动力在驱使他,他还没有意识到。或许并没有其他动力,无非是一些小动力,其中一个是愤怒,另一个是复仇的欲望。但是,在莽林艰苦追踪两天已将这些欲望降低到不再冒生命之险去满足的程度,驱使他前往的是另一种不甚明显而更为有力的冲动。

"也许我几分钟后就会回来,""老前辈"说,"如果没有,那你们就等到明天早上!"他跟他们握手告别。

"祝你好运,主人!"

"愿你的神灵保佑你,主人!"

"老前辈"沿环绕木薯地的小径向栅栏上的寨门自信地走去。他前面的野蛮人注视着他的到来,他身后是眼里噙着泪水的随从们。栅栏里面,一个武士奔跑到加托·姆贡古的小屋。

"有一个白人走过来了,"他报告,"只有他一个人。"

"放他进来,把他带到我这儿来。"加托·姆贡古下令道。

"老前辈"走近寨门,一个武士为他打开了门。他看见几个武士几近漠然地打量了他一下,他们没有暗示敌意的举止,也没做出任何友好的表示,整个态度就是敷衍了事。他做了一个和平的手势,他们也毫不在意。这倒没让他烦恼,他不在意武士的态度,只在意酋长加托·姆贡古的态度。正像他一样,他们也是如此。

"我来拜访我的朋友加托·姆贡古!"他大声说。

"他正在等你,"那个给酋长传话的豹人武士回答,"跟我来。"

"老前辈"注意到村里有很多武士,有的受了伤,便知道发生过一场战斗,他希望他们获胜,那样的话,加托·姆贡古会脾气好一点。他跟着领路的武士走向酋长小屋,一路看到那些村民一个个皱着眉头,向他投来敌意的目光。总之,这个村庄的氛围并不怎么令人安心,但他已经走得太远而回不去了。

加托·姆贡古坐在草屋前的一个凳子上,身后拥着一群随从。他对"老前辈"友好的问候没有回报微笑,也没有愉快地回话,只是阴沉地冲对方点了一下头。这种情形似乎让人看不出有丁点容人乐观的前兆。

"你来这里干什么?"加托·姆贡古问道。

"老前辈"收敛了脸上的微笑,他知道这不是讲温柔话的时候,空气中浮动着危险。虽然不知道原因,但他能感觉,而且他知道独自大胆地去面对困境,也许能让他自己摆脱严重的局面。

"我来是为了那个白人女子。"他答道。

加托·姆贡古转了转眼睛,追问道:"什么白人女子?"

"别拿问题来跟我撒谎,""老前辈"说,"白人女子在这里。"

两天以来，我一直跟踪那些从我的营地劫走她的人。把她还给我，我想回到那些在森林里等我的人那里。"

"我的村寨里没有白人女子！"加托·姆贡古咆哮道，"我也不接受白人的命令，我是酋长加托·姆贡古，只有我才能下命令！"

"你会接受我的命令的，你这老流氓，""老前辈"威胁道，"要不然，我会派军队扫荡你的村寨，把它从地图上抹掉。"

加托·姆贡古冷笑起来："我认识你，白人，你的旅行队只有你们两个白人，还有六个土著人。你们有几支枪，你们很穷。你们偷猎象牙，所以不敢去白人长官在的地方，因为他们会把你们送进监狱。你来跟我说大话，但是大话吓唬不了我。现在，你是我的囚犯了！"

"哦，你什么意思？""老前辈"问道，"你想拿我怎么办？"

"杀了你！"加托·姆贡古回答。

"老前辈"笑了起来："不，你不会。如果你知道这对你有什么好处，你就绝对不会的。政府会烧掉你的村寨，而且一旦查明情况，还会把你吊死。"

"他们不会查明情况的，"加托·姆贡古反驳道，"把他带走，千万别让他逃跑。"

"老前辈"迅速地环视一遍这个恶魔的四周，全是一张张凶神恶煞的面孔。这时他认出了跟他长期交往不错的酋长波伯罗。两个武士粗壮的手抓住他，要把他拖走。

"等一等！""老前辈"大喊起来，把他们撞到一边，"让我跟波伯罗说话，他肯定有足够的理智来阻止这个愚蠢行为。"

"把他带走！"加托·姆贡古吼起来。

武士们再次抓住他，既然波伯罗并未采取行动替他求情，"老前辈"便不再抗议，服从了卫兵。卫兵解除了他的武装，把他带进一间肮脏得无法形容的小屋,牢牢地捆起来,再留一个蹲在门外的哨兵看守;但他们疏忽了从他马裤口袋里取走他的小刀。

"老前辈"感到非常难受,捆他的绳子勒痛了他的手腕和脚踝。小屋的泥土地凹凸不平,很硬,地上爬满咬人的小虫子,屋里一股股刺鼻的恶臭。除这些身体不适之外,前景也令人沮丧。他开始质疑自己疯狂冒险的行为是否理智,并为没听取两个随从的劝告而感到自责。

但此时他想到了那个女子,想到假如她还活着,必然会置身于什么样的恐怖情景,这一念头说服了他自己。即使失败,他也别无选择。他回忆起自己最后一次见到她的那幅生动画面,回想她完美的脸庞和身材,他知道如果有机会让他从加托·姆贡古村寨逃走,如果要救出她,他将面临更大的危险。

他脑子里仍充满对她的思念,此时他听到有人跟警卫讲话。过了一会儿,一个人影进入小屋。现在是夜晚,唯一的亮光是从村寨四处的炉灶反射出来的火光,还有几支插在酋长小屋前地上的火把。牢房里面几乎一片黑暗,访客相貌不甚明了。他猜想会不会是刽子手来执行酋长宣布的死刑,但他一听到声音,就辨认出来人是波伯罗。

"也许我可以帮你,"波伯罗说,"你想离开这里?"

"当然。老姆贡古准是疯了,那老傻瓜到底怎么了?"

"他不喜欢白人。我是你的朋友,会帮你的。"

"你真好,波伯罗,""老前辈"大声说道,"你永远不会后悔的。"

"这事不能白干。"波伯罗建议道。

"开个价吧。"

"这可不是我要的价,"波伯罗赶紧向他保证,"这是我必须付给其他人的。"

"那么，多少钱？"

"十根象牙。"

"老前辈"吹了个口哨："难道你不喜欢蒸汽游艇，再带一辆劳斯莱斯？"

"喜欢。"波伯罗不管懂不懂那是什么，什么他都愿意收下。

"那么，你不会得到的，再说，十根象牙太多了。"

波伯罗耸了耸肩："你最清楚，白人，你的命值多少。"他站起来要走。

"等一等！""老前辈"大喊，"你知道现在很难找到象牙。"

"我应该要一百根象牙，但你是朋友，所以我只要了十根。"

"把我弄出这里，等我找到象牙，我会拿给你的。这可能需要时间，但我会拿来的。"

波伯罗摇了摇头："我必须先拿到象牙，给你的白人朋友送信，把象牙给我，然后你就会被释放。"

"我怎么能把话传给他？我的人不在这里。"

"我会派一个信使。"

"好吧，你这个老马贼，""老前辈"同意道，"解开我的手腕，我会给他写一张便条。"

"那可不行，我不知道纸上谈的是什么。可能会说些给波伯罗惹麻烦的事情。"

"你说对了，""老前辈"悄声自语道，"如果我能从我的口袋里拿出笔记本和铅笔，那么'小伙'就会收到一个信息，把你监禁起来，并迫使加托·姆贡古跟我谈判。"但他大声说出来的是："他怎么知道这个消息是我送来的呢？"

"让信使送去一件他能认出的你的东西。你戴着戒指，我今天看见了。"

"我怎么知道你会送出正确的信息？""老前辈"不满地问道，"你可能会要一百根象牙。"

"我是你的朋友，我很诚实。再说，也没有别的办法。我可以拿走戒指了吗？"

"好的，拿走吧。"

波伯罗走到"老前辈"身后，从他的手指上取下戒指："等象牙拿来了，你就会被释放。"他边说边弯下腰从小屋走出来。

"我不会高估这个老骗子，""老前辈"想，"但是一个溺水的人总想抓住一根稻草。"

波伯罗借着火光查看了戒指，咧开嘴笑了："我可真是个聪明人，"他自言自语道，"我会有一枚戒指，还有象牙。"至于释放"老前辈"，那超出了他的权力，他也没有任何意图去尝试这样做。他对自己感到心满意足，然后回到酋长的小屋，和其他酋长坐在一起听加托·姆贡古开会。

除其他事务外，他们主要讨论如何处置白人囚犯。有些人要求把他在村里杀了肢解，以免他们跟祭司们和豹神在寺庙分享肉体。另一些人则坚持认为，应该把他献给大祭司，以便他的肉能在白人女祭司任命仪式中使用。很多人发表演讲，但大多跟议题无关。这就是男人开会的方式，无论事情是黑还是白，他们只喜欢听到自己的声音。

加托·姆贡古正在讲述他二十年前在一次战斗中的英雄行为，他的讲述被一阵恐怖的响声打断了。悬垂在他小屋上方的树叶发出沙沙响声，一个沉重的物体猝然落进蹲着开会的首领们围成的圆圈中央。他们全都惊恐地跳起来，每个人脸上显出惊讶、敬畏或恐怖的表情。他们抬头向树上望去，但没看到黑影中有任何东西，然后他们低头去看躺在他们脚下的东西。这是一具男人的尸体，手腕和脚踝被捆着，喉咙被割穿。

"这是尤腾伽的卢平古，"加托·姆贡古低声说道，"他带信给我说罗本戈的儿子和他的武士来了。"

"这是一个凶兆。"一个人小声说。

"他们惩罚了叛徒。"另一个说。

"今天他谈到了一个自称是奥兰多的木子莫的人，"加托·姆贡古解释说，"一个巨大的白人，他的威力超过图姆拜村巫师索比托的威力。"

"我们从别人那里听说过他。"一位酋长插了一句话。

"他还谈到另一个，"加托·姆贡古继续说，"那是图姆拜村的尼安韦吉的精灵，被豹神的孩子杀死的人，这个精灵化作一只小猴子。"

"这也许是带卢平古到这里来的木子莫，"波伯罗建议道，"这是一个警告，我们还是把白人送到大祭司那里去做他认为合适的事。如果他杀了白人，那就不是我们的错。"

"这是智者的话。"说话的人是波伯罗的一个欠债人。

"天黑了，"另一个人提醒他们，"也许我们最好等到早上。"

"现在才是时候，"加托·姆贡古说，"如果木子莫是白人，他会因我们监禁那个白人而生气，只要我们把这个人留在这里，他就会一直在村里徘徊，我们把那个白人送去寺庙，大祭司和豹神比任何木子莫都更强大。"

木子莫隐藏在一棵树的枝叶中，望着下面村寨里的土著人。尼安韦吉的精灵看厌了村寨，厌恶夜间游荡的一切，在木子莫的怀里睡着了。木子莫看见武士们在各自酋长的指挥下武装组队。白人囚犯被从囚禁他的小屋拖了出来，解开绑在他脚踝上的绳子，在警卫监押下迅速走向大门，随武士们穿过大门，走向河岸。在河边,他们启动了一支大约三十条小型独木舟组成的船队,每条船能坐十人左右,因为有近三百名武士参加宴会,只有几个武士留在村里担任警卫。能坐五十人的大型作战独木舟,被留下来,船底朝天,扣在河岸上。

载着画着脸谱的野蛮人的最后一条独木舟驶进黑暗的水流后,木子莫和尼安韦吉的精灵从躲藏的树上跳下来,沿河岸前进。这是一条与河流平行的完美小路,木子莫沿小路小跑下去,以确保始终能听到独木舟的划船声。

尼安韦吉的精灵从熟睡中醒来,去追踪多得数不清的大黑人叫它惊诧而激动。"我们回去吧,"它恳求道,"为什么我们要追踪这些大黑人?如果被他们抓住,他们会杀了我们的!我们可以远远地在一棵漂亮的大树上舒服地睡觉。"

"他们是奥兰多的敌人,"木子莫解释说,"我们跟踪去看他们要去哪里,他们要做什么。"

"我不在乎他们要去哪里,他们要做什么,"尼安韦吉的精灵呜咽道,"我很困了,如果我们继续跟踪,猎豹或者狮子就会抓住我们,我们还是回去吧。"

"不,"木子莫回答,"我是木子莫,木子莫必须什么都懂。所以我必须夜里去,白天也去,监视奥兰多的敌人。如果你不愿跟我去,那就爬上树去睡觉。"

尼安韦吉的精灵害怕跟木子莫前进,但更害怕单独留在这陌生的森林里;因此它不再作声,随木子莫沿着阴森森的河流岸边那条黑暗小路跑下去。

木子莫意识到独木舟停下来时,他已经跑了大约两英里。不一会儿,他来到一条小支流的岸边。独木舟排成单行缓慢地驶进支流。他边观察边数着船只,直到最后一条独木舟驶进缓慢的溪流,消失在悬垂树枝的黑影中。然后，他发现前面小路结束了，就爬到树上去追踪船队，并仔细听着下面船桨划水的声音。

"老前辈"碰巧坐在波伯罗指挥的独木舟中，趁机问酋长要把他押送到哪里，为什么？但波伯罗此时必须不能让任何人知道他与囚犯的交情，只告诫他保持沉默，并低声说："你要去的地方会更安全，你的敌人将无法找到你。"他愿意说的就这么多。

"我的朋友也找不到我，对吗？""老前辈"问道。但是波伯罗没有回答。

溪流上方，浓密的树枝遮住无月的天空微弱的光线，河面完全被黑暗笼罩着。"老前辈"看不见旁边的人，连举到面前的手都看不见。桨手们沿这条狭窄而曲折的河流熟练地划动木桨，平稳而自信地向目的地驶去。在"老前辈"看来，这太神奇了。他满心好奇，目的地究竟会是什么样。整件事情似乎神秘而诡谲，这条河本身也很神秘，武士们非同寻常的沉默使得环境更为诡谲。所有一切都在向他暗示些什么，他不禁想象到一队死人划着船在一条死亡之河溯流而上，三百名卡戎（编者注：希腊神话中冥王哈得斯的船夫，负责将死者渡过冥河）将他的死灵魂护送到地狱。这不是一个愉快的念头，他试图把它抛出脑海去，但找不到更愉快的思绪来取代。"老前辈"的运气似乎从未如此不济。

"至少，"他自言自语地说道，"我知道事情不会变得更糟，我该满足了。"

他最担心的是一个不断重现的念头，就是那女子的命运。虽然他不确信自己被捕的时候，她在不在村里，但他觉得情况并非如此。他意识到，自己的判断更多依靠直觉而不是理智，但预感太强烈，以至于几近确信。为了确定在他到达之前，她曾被带到村里短暂地待过，他试图对野蛮人怎么处置她，做出一些合理的推测。他很怀疑他们已杀了她。如他所知,他们是食人族。他确信,如果他们打算杀她,那会有壮观的仪式,随后是跳舞和狂欢。但从她被带到村里到现在,还没有时间举行这样的庆祝活动。因此,似乎有可能,在他之前,她也曾被送进这条神秘的黑暗之河。

他希望这最后的推测能证明是正确的,不仅因为有机会把她从困境中救出来(只要他有这个能力),而且因为这会让他再次接近她,幸运的话,他可能会再次看到她,甚至触摸她。看不到她已经刺激了对她的狂恋,仅仅思念她的妩媚便激起对她的渴望,并且倍增对绑架她的野蛮人的愤怒。

他正这样胡思乱想的时候,不料,前方溪流右岸出现了火光,这引起了他注意。起初他只看到火光,但不久就看到映出的朦胧人影,以及火光后面出现的一个大建筑物的轮廓。人影幢幢越来越多,火光点点越来越密。前者是前面独木舟下来的船员,后者是从建筑物出来的人拿着的火把。他现在看清了那是一幢大房子。

这时他乘的独木舟被拉上岸,他也被推上了岸。在岸边,从村寨来的武士中会合了一些穿独特豹人服装的野蛮人。这些人都是从大房子出来的,手持火把。其中有几个戴着可怕的面具,都是豹神的祭司。

"独木舟"逐渐意识到自己已被带到那个神秘的豹人寺庙——那个人们一谈便毛骨悚然的寺庙,那个让土著人一次又一次低声谣传各种故事的寺庙,他曾认为这个寺庙并非一个真实的存在而是一个神话。然而,当他被拽着穿过门道进入装饰野蛮的内部后,他所看到的已确凿无疑地告诉他有关寺庙的一切都是真实的。

厅堂到处燃着火炬,灯火通明的场面给旁观者留下一个不可磨灭的印象。大厅里差不多挤满了加托·姆贡古村来的武士,围着几大堆豹皮走动,由戴面具的祭司主持,给他们分发礼仪服装。

豹 神

越来越多的武士穿上他们野蛮帮会的标志服装,场景逐渐变化。此时"老前辈"看到四周全是身披黑色和黄色豹皮的食人野蛮人,一只只钩状的残酷钢爪,一张张画着狰狞脸谱的黑脸庞,在豹头头盔下半隐半现。

火光摇曳在那些彩绘的木刻雕像上,映照着裸露的人头骷髅,映照着支撑屋顶粗大木柱上挂着的艳丽盾牌和诡谲面具。

火光最明亮的地方是厅堂尽头的王座台。大祭司正站在王座后面的小平台上,周围聚集了一些小祭司;大祭司身旁有一根结实的柱子,柱上用铁链拴着一头巨大的豹子,毛发耸立,朝下面的人群咆哮。这是一头魔鬼面孔的豹子,让"老前辈"不禁联想到它所象征的邪教的野蛮兽性。

"老前辈"环视厅堂,四处搜寻凯丽,但一无所获。想到她可能被藏在这个恐怖之地的某处,他不禁不寒而栗。假如卫兵给他些微机会,他甘愿冒任何危险去查明。假如她在这里,那她已陷入绝境,正如他此时意识到自己身处绝境一样;因为他已确信自己已经被带到了豹人的豹神庙,让他看到豹神圣地,观看最秘密的仪式。他此时相信地球上已没有任何力量能拯救他了,波伯罗的许诺都是假的,因为除豹人外,凡看见这些秘密的人必死无疑。

加托·姆贡古、波伯罗,还有其他酋长都站在王座台下普通武士面前。加托·姆贡古先跟大祭司说了几句话,后来大祭司说了一句话,卫兵就立即把"老前辈"拖过来,跟他一起站在王座右边。三百双邪恶的眼睛充满仇恨,盯住他——野蛮的眼睛,饥饿的眼睛。

大祭司转身面对张牙舞爪咆哮不停的豹子,厉声大喊道:"豹神!豹神的孩子们抓到一个他们的敌人,已经把他带到这座伟大的豹神庙。豹神有什么意愿?"

刹那间整座庙堂都安静下来，所有眼睛都盯着大祭司和豹子。随后发生的事情怪诞无比，令人不可思议，"老前辈"不禁毛骨悚然。从豹子咆哮的嘴里传出人讲的话，这简直令人难以置信，但他的确亲耳听到。

"叫他死吧，豹神的孩子们就能有肉吃！"声音低沉而沙哑，混合着野兽的咆哮，"但是，首先把神庙的新女大祭司带上来，让我的孩子们看看我兄弟指示鲁力密从远方带来的女祭司。"

鲁力密的祭司级别较高，站得离大祭司最近，他闻言立即摆出一副不可一世的样子，这是他盼望已久的重大时刻。所有眼睛都盯在他身上。他踏出几步野蛮舞蹈的步子，高高跃到空中，发出一声可怕的啸叫，在高处的椽间回荡。但此刻所有人的注意从鲁力密又转移到王座台后面的门道。里面站着一个女子，身后紧紧跟随十一个同样装扮的女祭司。

"老前辈"想知道究竟哪个是新女大祭司。除年龄和丑陋程度不同外，她们几乎没有什么区别。她们的黄牙齿都十分尖锐，鼻子被刺孔穿上象牙串，耳垂挂着各式各样沉重的紫铜、黑铁、黄铜和象牙的饰件，拉伸到肩膀，她们的脸涂着诡谲的蓝白颜料。

此时豹神吩咐道："带女大祭司！"同其他三百人一样，"老前辈"把目光再次集中在王座台背后的门洞。一个人影隐隐约约地从里面卧室的阴影中走出来，站在门洞口；这时火炬骤然照亮了这个人影。

"老前辈"一声惊恐尖叫，目瞪口呆地愣在那里。这个人正是他在寻找的那个女子——凯丽！

Chapter 10

祭司睡着的时候

凯丽被老巫婆姆姆加推到王座台后面的门口,就被眼前的景象吓得目瞪口呆,不知所措。迎面站着凶神恶煞的大祭司,穿着一身稀奇古怪的礼仪服装,戴着一个狰狞的面具。大祭司旁边是一头巨大的豹子,拖着拴它的铁链暴躁不安地走动着。再过去,有一大群野蛮人,一张张涂着色彩的面孔,一副副凶恶的面具,在火炬的映照下,映衬着豹皮的背景,时隐时现。

厅堂里满是人体散发出的刺鼻恶臭。凯丽感到一阵恶心涌上来,不禁身子一趔趄,抬起一只手遮住眼睛,去挡开这恐怖的景象。

她身后的老巫婆愤愤地低语了几句,把她推向前面。不久,大祭司艾米戈格抓住她的手,把她拉到豹子旁更小更高的王座台中央。豹子咆哮着向她扑过来,但艾米戈格已预料到这种情况,在豹子的利爪抓到凯丽的嫩肉之前,用铁链骤然抑制住豹子。

她身置如此恐怖险境加深了"老前辈"意识中的印象,使他

祭司睡着的时候 | 093

不寒而栗。他既对这些野蛮人感到愤恨又为自己的无能感到惭愧，他浑身虚弱并颤抖。自己完全无法帮她叫他发疯，正如看见她倍增他对她的痴迷一样。他回想起自己对她说过的那些尖酸刻薄的话，不禁面红耳赤，羞愧不堪。

凯丽的眼睛此时开始审视眼前场景的细节，不期与"老前辈"的眼睛相遇。她茫然地望了他一阵，然后认出了他，脸上写满惊诧和疑惑。起初她并没有意识到他也是一个囚徒。他的出现让她回想起他们第一次见面时他对自己蛮横粗鲁的态度。她只把他看成另一个敌人，但他毕竟是一个白人的事实传递出新的信心。他会听任一个白人女子被黑人监禁虐待而袖手旁观，这似乎不大可能。然后，她逐渐明白他和自己一样是个囚徒，虽然新的希望在消退，但她仍然感到比以前更加有信心。

她想知道命运究竟玩弄什么诡谲把戏让他们这样重逢。她不知道，也想不到，他是因试图营救她而被抓起来的。假如她知道这个情况，并知道驱使他行动的冲动是什么，那么他的出现传递给她的些微信心也许会消散。但她并不知道，她只意识到他是一个跟自己同种族的男人，因为有他在这里，她觉得自己更勇敢一些。

当"老前辈"望着豹神的新女大祭司那苗条优美的身材和美丽的脸庞时，其他眼睛也在审视、评估她。其中有波伯罗的眼睛——野蛮、布满血丝、贪婪、好色的眼睛。波伯罗饥渴地舔了舔嘴唇，野蛮的酋长饿了，但不是想吃食品。

任命仪式在进行。艾米戈格占据舞台的中心，他不停地叽里咕噜地讲话。有时跟一个小祭司讲，有时跟一个女祭司讲，再跟豹神讲；每当豹子回答时，武士们都会瞠目结舌，敬畏万分。然而凯丽和"老前辈"在第一次短暂的惊诧后就不再感到那么神秘、那么印象深刻。

然而还有一个"观众"并未被会说话的豹子所迷惑。虽然他从未听说过腹语术者，但凭他非同寻常的感知能力，他很快就看穿了这个骗局。他藏身在屋顶上一根突出于前壁的横梁上，透过脊檩上的一个孔，窥视着下面正在上演的野蛮情景。

他就是木子莫。他旁边栖息着尼安韦吉的精灵，看到这么多豹子，吓得颤抖。"我很害怕，"它说，"内其马害怕，我们回到泰山的领地吧，泰山是那里的王，这里谁也不认识他，他连一个大黑人都比不上。"

"你老是在讲内其马和泰山，"木子莫抱怨道，"我从来没有听说过他们，你是尼安韦吉的精灵，我是木子莫，这些事我得给你讲多少遍？"

"你是泰山，我是内其马，"小猴坚持说，"你是一个白人。"

"我是奥兰多祖先的精灵，"木子莫坚持说，"难道奥兰多没有这么说过吗？"

"我不知道。"尼安韦吉的精灵疲惫地叹了口气。

"我不懂黑人的语言，我只知道我是内其马，知道泰山已经变了。自从大树砸到他以后，他就不一样了。我还知道我很害怕，我想远远离开这里。"

"目前先这样。"木子莫道。他正专心地看着下面的场景，他看见了那个白人男子和那个白人女子，猜到了等待他们的会是什么命运，但那并没打动他，令他怜悯，也没在他内心激起同胞的责任感。他是酋长儿子奥兰多祖先的精灵，两个陌生白人的命运对他毫无意义。此时他专注的眼睛发现了令他特别感兴趣的人——在一副狰狞的祭司面具下，他瞥见一个自己熟悉的相貌。他并不惊讶，因为他一直在观察这个特殊的祭司，那人的姿势和体态有种他熟悉的东西，使他特别在意。微笑浮上木子莫的嘴角："来吧！"

他低声对尼安韦吉的精灵说了一句，随后爬到寺庙顶上。

他犹如猫一般轻巧，沿脊檩跑过去，小猴紧跟在他脚后。跑到房子中间，他轻轻地从斜顶上跳下来，再纵身跃进附近一棵树的树荫里，尼安韦吉的精灵随后跟来，他俩被吞没在森林的黑暗中。

寺庙里，女祭司们在大陶土台上点燃好多火塘，摆弄着原始三脚架上的烹饪瓦锅。这时小祭司们从寺庙后面拿来了许多裹着芭蕉叶的肉条，女祭司们把肉条放进烹饪瓦锅里煮。小祭司们又回来，在武士们中间传递盛着土著啤酒的葫芦和陶杯。

武士们一边喝酒一边跳起舞来。起初跳得很慢，他们身体前伏，手肘上举，高高抬起脚，轻轻地落下，小心翼翼地踏着舞步。手里握着长矛和盾牌，因为他们手指上套着钩形大钢爪，动作显得笨拙。所有人都拥挤在厅堂的地板上，空间有限，每个武士都在原地转圈，只有啤酒杯传到自己的时候，才停下来喝一大口。伴舞的音乐是一种有节奏的低音合唱，但音量逐渐越来越大，节奏也越来越快，跳舞的节奏也随之越来越快，直到武士们变成一群嚎叫、腾跳的野蛮人。

蹲在王座台上的豹神，受到四周喧嚣和骚动以及锅里煮肉香味的刺激，变得狂躁，挣紧拴住自己的铁链，龇牙咧嘴，咆哮不止。大祭司受到啤酒杯中之物的刺激，疯狂地在狂怒的豹子面前跳舞，几乎跳到它利爪可及的范围，在狂怒的野兽伸爪抓他的一瞬间，又猝然跳开。白人女子凯丽畏缩到王座台的远端，周围恐怖的混乱使她头晕目眩，同时因恐惧而变得有些麻木。她看见放到锅里煮的肉，只模糊地猜想是什么肉，直到一只人手从大蕉叶里露出来。这种恐怖的食物使她感到震惊与恶心。

"老前辈"望着四周的情景，常常朝她在的方向看一看。他曾试图跟她说话，但是一个武士重重给了他一记耳光，不许他讲话。

酗酒和跳舞使野蛮人变得越来越狂怒,他对女子安全的关心也越来越深切。他看到宗教狂热和酗酒正迅速地夺走造物主赋予人们的理智和自我控制能力,想到他们一旦超越领导者规定的限制,可能会做出什么过激行为,他不寒而栗;想到酋长、祭司和女祭司也都喝得像信徒们一样醉,这个念头加重了他的恐惧。

波伯罗也在盯着凯丽看,他醉酒的头脑里酝酿着疯狂的诡计。他看出她处境危险,为达到自己不可告人的目的,他决定救出她。不过,他糊涂的脑袋还没想清楚占有她的方式,但他却固执地抓住这个念头。然后他的眼睛转移到"老前辈"身上,一个计谋在啤酒的雾气中很快浮现出来。白人男子希望拯救白人女子,波伯罗知道这一事实。如果"老前辈"想救她,就会保护她。"老前辈"也盼望逃走,还把波伯罗当成自己的朋友。于是,这个前提就这样在他混乱的大脑中逐渐形成。此举甚佳!"老前辈"会帮助他绑架女大祭司,但要等到人人都喝得酩酊大醉,无力阻止他实施计谋或者事后不记得这事,只有到那个时刻他的计谋才会得逞。他不得不伺机而动,但同时他必须把凯丽从这个厅堂转移出去,藏在寺庙的其他房间里。女祭司们已经与兴奋醉酒的武士们自由地混合在一起;不久,狂欢聚会将达到高潮。在那之后,可能谁也不能救她,甚至大祭司也不能,他现在喝得跟像其他人一样酩酊大醉。

波伯罗走近"老前辈",跟看他的武士说话。"去跟别人待在一起,我会看囚犯的。"

那些喝得半醉的武士不需要第二次邀请,一个酋长发话就行。他们卸下了责任,很快都走开了。"快!"波伯罗敦促道,抓住"老前辈"的胳膊,"跟我来。"

"老前辈"退了回去,问道:"去哪里?"

"我帮你逃跑。"波伯罗低声说。

"不,不带白人女子我就不走。""老前辈"坚持说。

这个回答十分称波伯罗的心,他非常高兴:"我也会安排的,但是我必须让你离开这里,进到寺庙后面的一个房间,然后我再回来找她。我不能同时把你俩都带走,这非常危险。如果艾米戈格发现的话,会把我杀掉。你必须照我说的去做。"

"你为什么突然对我们的安危感兴趣?""老前辈"怀疑地问道。

"因为你俩在这里都很危险,"波伯罗回答,"人人都喝得烂醉,包括大祭司,不久就不再有人保护你俩。我,波伯罗是你的朋友,而且没有喝醉。"

"还不很醉!""老前辈"这样想,波伯罗趔趔趄趄地走到他身旁,同他一起走向厅堂后部。

波伯罗把他领到寺庙尽头的一个房间。"等在这里,"他说,"我要回去把那女子也带过来。"

"把我手腕上的绳子割掉,""老前辈"说,"绳子弄疼我了。"

波伯罗犹豫了,但只一会儿,问:"干吗不呢?你用不着逃跑,因为我会来把你带走,再说,你自己一人是逃不出去的。寺庙在一个岛上,四周有河流和沼泽地环绕,到处是鳄鱼,除了河,没有任何一条路可以通到岛上。这里通常没有独木舟,以免某些祭司会逃跑,他们也是囚徒。你会等的,等到我做好准备把你从这里带走,对吗?"

"我当然会等。现在,赶快去吧,把那个白人女子带过来。"

波伯罗回到寺庙主厅堂,但这次他是通过王座台后面的门走过去的,他在这里停下来先侦察一番。煮好的肉正传递给武士们,但啤酒杯仍然在随意自由地传。大祭司烂醉如泥,倒在高台的尽头。豹神一边咆哮一边啃着一只男人的大腿。女大祭司斜靠在波伯罗站的通道的隔板上,波伯罗摸了一下她的手臂,她转过身来惊讶地看着他。

"来吧。"他低声说,并做了手势要她跟自己走。

凯丽只懂那个手势,但是她曾看见这个男人前不久把她的同伴囚徒从王座台下面带走;她立即认定,因为某种不可思议的命运的诡谲安排,这个人可能友善。当然,他和那个白人男子谈话的时候,脸上并没有显现任何威胁或不友好。她边推理边跟随波伯罗进入寺庙后部阴暗的房间。她很害怕,此时她离伤害有多近,只有波伯罗知道。接近她使他兴奋不已,喝酒使他冲动而肆无忌惮,他突然想把她拖进一间黑暗的房间——此时他领她走着的通道两边的一间房间。但当他转身抓住她时,传来一个声音。

"事情比我想得顺利啊。"波伯罗转过身来,"老前辈"继续说道,"我跟着你,我想你可能需要帮忙。"

波伯罗气愤地"哼"了一声,但这个惊吓使他清醒过来。尖叫或斗殴的吵声会引起寺庙警卫的注意,甚至过来查看,这对波伯罗都意味着死刑。所以他没有说话,就领他们来到先前藏"老前辈"的房间。

"在这里等我,"他警告他们,"如果你们被发现,不要说是我把你带到这里来的,如果你们说了,我就再也无法救你们了,就说你们害怕,来这里躲一下。"他转身离去。

"等一等,""老前辈"说,"要是我们无法让这个女子离开这里,她会怎么样?"

波伯罗耸了耸肩:"我们以前没有白人女祭司,也许她为豹神服务,也许为大祭司服务,谁知道呢?"然后他就走开了。

凯丽站得离"老前辈"很近。他能感觉她几乎赤裸的身体的温暖,他浑身颤抖,试图说话时,声音激动到沙哑。他想抓住她,把她贴在身上，想用亲吻来覆盖她柔软温暖的嘴唇。但他不知道是什么制止了自己。他们单独待在寺庙的尽头。主厅堂里野蛮狂欢的吵闹声能淹没她可能的喊叫，她绝对可以任凭他摆布，但他没有碰她。

"也许我们很快就会逃脱，"他说，"波伯罗许诺把我们带走。"

"你认识他吗？能信任他吗？"凯丽问。

"我认识他两三年了，""老前辈"回答说，"但我不信任他，他们谁我都不信任。波伯罗这样做是为了报酬，他就是一个贪财的老流氓。"

"报酬是什么？"

"象牙。"

"可是我一点都没有。"

"我也没有，"他承认道，"不过我会找到象牙。"

"我会付给你我的那份报酬，"她主动提出，"我有一些钱，托铁路岔口的一个代理代管。"

他大笑起来："如果我们能行的话，我们碰到桥，还是先过那座桥吧。"

"这听起来并不怎么叫人放心。"

"我们掉进了一个糟糕的陷阱，"他解释说，"我们绝不能期望太多。目前我们唯一的希望似乎就在波伯罗身上。他是一个豹人，也是一个流氓，除此之外，他还喝醉了——顶多也是一个微弱的希望。"

波伯罗回到狂欢会，稍微清醒了一点，他突然发现自己刚刚做了一件过于出格的事，吓坏了。为了振作勇气，他抓起一大杯啤酒一口喝干。杯中之物对波伯罗产生了神奇的作用。不久，他的目光落在一个醉酒的女祭司身上，她蜷缩在一个角落里。一个钟头后，波伯罗酣睡在地板中间。

土著啤酒的效果几乎与在饮用者身上表现的速度一样迅速挥发，结果是几个钟头后，武士们开始自嘲。他们恶心、头痛，然后想喝更多的啤酒。但当他们要酒时，才知道再也没有啤酒了，也没有任何食物。他们已经消耗了所有的宴会食品——液体的和固体的。

加托·姆贡古从未享受过任何文明优势（他从未去过好莱坞），但他知道在这种情况下该怎么做，因为名人的心理在非洲跟在其他地方无疑是一样的。没有什么可以吃喝的时候，就是必须回家的时候。加托·姆贡古招聚了其他酋长，传达了他的这一哲学思考。他们都同意，包括波伯罗。他的大脑有点迷糊，他已经忘记昨天晚上发生的几件事，包括那个女祭司。他知道脑里还有什么重要的事，却怎么都想不起来；因此，他像其他酋长那样把自己的部下招聚起来，带到独木舟上。

不久，他的船——长长的作战独木舟船队中的一艘，载满了头痛的人们，已经顺流而下。后面寺庙里还躺着一些仍醉得无法站立的武士，为此他们留下了一条独木舟。这些人散落在寺庙的地板上，睡着了，还有小祭司和女祭司。艾米戈格蜷伏在王座台的一角，酣睡着。豹神肚子填满了，也睡着了。

凯丽和"老前辈"不耐烦地在寺庙后面的黑房间里等着波伯罗回来。他们注意到寺庙前厅堂越来越安静，然后他们听到准备离开的声音，除少数几人外，所有人都准备离开。他们听到武士们走出寺庙时沙沙的脚步声；他们听到河边的喊声和命令，知道土著人正在放下独木舟。此后，一片寂静。

"波伯罗应该过来了。""老前辈"说。

"他也许已经走了，留下了我们。"凯丽建议道。

他们又等了一会儿。没有听到寺庙里有声音,也没听到外面场地上有声音,死寂主宰着豹神的圣殿。"老前辈"不安地躁动起来,说:"我要去那里看看,也许波伯罗已经离开了,我们得弄清楚。"他走向门口,低声说,"我不会去得太久,别害怕。"

凯丽在黑暗中等待,心里却在琢磨刚刚离开她的男人。自他们第一次会面以来,他似乎已经改变了。他似乎变得殷勤,关心她的安危,而且也不再蛮横粗鲁了。然而,她却无法忘记他在那个场合对自己说的那些苛刻的话。她永远不能原谅他,而且在她的心中,她仍然害怕与怀疑他。考虑到在逃跑这件事中自己将由他负责,这个念头让她很不开心。当她正在揣摩这些念头时,"老前辈"沿着黑暗的走道悄悄地溜到王座台旁边的小门口。

此时只有门口的一点光亮隐约地引导他的脚步。他走到门口,望着里面几乎空无一人的厅堂。一个个烹饪火塘覆盖着白灰只剩一点余烬;只有一支没有烧完的火炬,冒着烟雾仍在寂静的空气中燃烧。在火炬微弱的光照下,他看见地板上遍地是伸手蜷脚酣睡的人。在昏暗的火光下,他无法辨认任何人的相貌,不知道其中有没有波伯罗。他把整个厅堂仔细地巡视一遍,确定寺庙里再也没有一个清醒的人。然后,他转身匆匆回到女子身边。

"你找到他了吗?"她问。

"没有,我不认为他还在这里。几乎所有人都离开了,只留下少数几个醉得不能走的人。我认为这是我们的机会。"

"你什么意思?"

"没有人阻止我们逃跑,但可能没有独木舟。波伯罗告诉我,这里连一条独木舟都不会留下,害怕祭司可能会逃跑。他可能在撒谎,但不管他是否撒谎,我们都可以抓住这个机会。如果我们留在这里,谁都没有希望,即使鳄鱼也会比这些恶魔更友善。"

"你说什么我都会去做,"她回答说,"但是任何时候如果我成为一个负担,如果我的存在妨碍你逃跑,别再考虑我。别管我,继续逃。记住你对我没有责任,也不——"她犹豫了一下,没说下去。

"也不什么?"他问。

"我也不希望你对我负责,我没有忘记你在我营地时对我说的那些话。"

"老前辈"回应之前犹豫了一阵,然后他不再理会她说的话,只是粗暴地命令道:"走!我们没有时间浪费。"

他走到房间后墙的一道窗户,向外面望。天很黑,什么都看不见。他知道这座寺庙是建在一根根木桩上的,跳到地上会很危险;但他还知道有一个走廊沿着房子一侧延伸。走廊是否延伸到这个房间所在的寺庙后部,他并不清楚。要从主厅堂穿过所有野蛮人实在过于冒险。另一方法是设法走到一个可以俯瞰走廊的房间,他知道走廊是在房子靠河边的一侧。

"我想我们要试试另一个房间,""老前辈"低声说,"把你的手给我,这样我们就不会走散。"

她把手伸进他手里,那手柔软而暖和。他那种痴情的疯狂冲动又像海潮一样在内心涌起,他很难控制自己,但没表露出来。他们蹑手蹑脚地走进黑暗的走道,他那只空着的手摸索着路,直到他找到一道门。他们小心翼翼地走进房间去寻找窗户。

如果这是某些寺庙人员的公寓,他们已经结束狂欢回来这里睡觉!这个念头吓得"老前辈"额头冒冷汗,他心里发誓要宰掉任何阻碍营救行动的生物;幸运的是,这间公寓并无人居住,两人顺利地来到窗户前。"老前辈"抬腿跨过窗台,不一会儿,已站在那边的走廊上,然后他伸过手来帮凯丽爬到自己身边。

他们是在靠近寺庙的后部。他不敢贸然地走向通往寺庙正门

祭司睡着的时候 | 103

入口的楼梯,担心被发现。"我们不得不爬支撑房子的一个木桩,"他解释道,"前门可能有警卫,你觉得你能爬下去吗?"

"当然。"她回答。

"我先爬,"他说,"如果你滑下来,我会尽力抓住你。"

"我不会滑的,去吧。"

走廊没有栏杆,"老前辈"躺下去摸探边缘,找到一根木桩的顶。"在这里。"他低声说,俯身爬到边缘。

凯丽跟在他身后。"老前辈"滑下去一点以便能引导凯丽的腿,直到他们找到一个可以立足的地方——一棵直径约八英寸的小树干。他们毫不费力就爬到地面。他又拉住她的手,把她领到河岸。他们沿着寺庙走下去,到处搜寻独木舟。他们来到寺庙正面的对面时,"老前辈"差不多要因解救即将成功的欢欣而惊叫起来。突然就在前面,他们发现了一条独木舟——一半被拖上岸,另一半还浸在水里。

两人默默地把沉重的船推下河。起初,他们的努力似乎无济于事,最后船开始轻轻向下滑动,一旦船从河岸的黏泥中松开,同样的黏泥就变成了一个船容易滑动的滑坡。

"老前辈"帮凯丽坐进去后,先把独木舟推进缓流的小溪,再跳进去坐在她的后面,然后心怀感恩无声祈祷。他们静静地顺流而下,朝大河漂去。

Chapter 11

战 斗

午夜，木子莫和尼安韦吉的精灵跳进尤腾伽人熟睡的营地。哨兵都没看见他们经过，不过这一点儿也不令人惊讶，哨兵都知道，只要精灵愿意，就能在任何时候，无影无踪地穿过森林。

奥兰多身为一个好士兵，刚站完他的岗，还没来得及睡觉，木子莫就来找他。"你给我带来什么消息，噢，木子莫？"奥兰多问道，"关于敌人，你有什么要说的？"

"我们已经到过他的村寨，"木子莫回答，"尼安韦吉的精灵、卢平古还有我。"

"卢平古在哪儿？"

"他给加托·姆贡古带去消息后，就留在那里了。"

"你给叛徒自由！"奥兰多大喊起来。

"这对他没什么好处，他一进加托·姆贡古村寨就死了。"

"那么，他怎么能给酋长传递消息？"

"他传递了一个豹人能理解的恐惧信息,他告诉他们叛徒逃脱不了惩罚,他告诉他们奥兰多的力量是伟大的。"

"豹人做了什么?"

"他们逃到寺庙去请教大祭司和豹神。我们跟踪他们到了那里。但他们没有从大祭司或豹神那里得到多少帮助,因为除豹子外,他们都喝得烂醉。大祭司说不出话时,豹子也说不出话。我来告诉你,除妇女、孩子和几个武士以外,他们村寨现在几乎空了,这是一个攻击村寨的好时机,或者躲在附近,等待伏击从寺庙返回来的武士们。他们会生病的,士兵一生病就打不好仗。"

"现在是一个好机会。"奥兰多同意道,然后鼓起掌来,以唤醒他附近睡觉的士兵。

"在豹神庙里,我看到了一个你熟悉的人,"木子莫说,这时瞌睡的头人们唤醒了各自的部下,"他是豹神的一个祭司。"

"我不认识豹人。"奥兰多回答。

"你认识卢平古,但是你不知道他是一个豹人,"木子莫提醒他,"还有,你认识索比托。我在一个祭司的面具后看到了他,他也是一个豹人。"

奥兰多沉默了一会儿,问:"你确定?"

"确定。"

"自从他去请教精灵和妖魔,离开图姆拜村已经很久了,原来他是跟豹人在一起,"奥兰多说,"索比托是叛徒,他该死。"

"是的,"木子莫同意道,"索比托该死,很早以前他就该被处死了。"

木子莫带领奥兰多的武士们沿蜿蜒的森林小路朝加托·姆贡古村寨走去,尽管森林阴暗,小路狭窄,部队仍尽量急速前进。后来,木子莫叫他们在森林和村寨之间的木薯地边缘停了下来。

然后，木子莫先确定豹人还没从寺庙返回来，再带领他们悄悄走向河边。他们躲在登陆地两边的灌木丛中等待，然后木子莫离开，去河边侦察沿河情况。

他只离开了一会儿，很快就回来了，带来消息说他已经数过有二十九条独木舟溯流向村寨划去。"但是顺流划到寺庙的是三十条，"他向奥兰多解释说，"这些肯定是返回村寨的豹人。"

奥兰多偷偷爬进武士中间，悄声发出指令，叮嘱他们一定要勇敢。独木舟船队正在驶近。他们此时可以听到桨声，"扑哧、扑哧、扑哧"，尤腾伽人急切地等待着。第一条独木舟碰到河岸，上面的武士跳下来。他们还没来得及把沉重的独木舟拉上岸，第二条独木舟就冲到河岸。但是尤腾伽人仍在等队长的信号。

此时，独木舟陆续靠岸，一队武士正朝着村寨大门走去。当二十条独木舟都被拖上岸时，奥兰多发出了战斗信号。九十个嚎叫的武士发出一阵野蛮的战斗呐喊，同时长矛和箭镞像雨点一般射向豹人的队列。

尤腾伽武士冲锋陷阵，突破了敌人的撤退防线。豹人士兵全然没有料到，都只想逃跑：那些被阻挡在河边的人试图推下独木舟逃跑，那些还没上岸的人调转独木舟划向下游。其余的人试图逃进村寨，却被尤腾伽人紧紧追杀，豹人卫兵不敢打开仍关闭的大门，战斗十分惨烈。在河边，当惊慌失措的豹人拼命地把独木舟推下河时，就被奥兰多的武士们一个接一个砍倒，差不多就是一场屠宰。

过了很长时间，留下守护村寨的卫兵们打开大门，企图进攻尤腾伽人。这时他们的伙伴要么被杀了，要么逃走了。大门一打开，一群尤腾伽人就嚎叫着拥进去。

尤腾伽人大获全胜，浑身溅满血迹的武士们把火把投到村里

战斗 | 107

的茅草屋时，加托·姆贡古村寨已经一个活口都不剩。

逃跑的豹人们在下游望见沿河的树木后面火光冲天，在那宽阔河面上投下火焰的倒影，于是知道他们惨败的严重后果。加托·姆贡古蹲在独木舟里，望着自己的村寨在燃烧，冒出火焰，也许他从火光中也看到了自己野蛮冷酷的力量正在消退。波伯罗也看到了火焰，读出了同样的故事，而且知道不必再畏惧加托·姆贡古。所有逃亡的武士中，波伯罗是最不沮丧的。

借着烧村寨的火光，奥兰多召集部下，开始清点他们的损失，并搜寻死伤人员。木薯地外边的一棵树上，一只小猴尖叫起来，"叽叽喳喳"地叫嚷。这是尼安韦吉的精灵在呼唤木子莫，但木子莫没有应答。奥兰多在死伤人员中间，发现了木子莫，像一个泥人仰躺在地上，头上挨过重重的一棒。

奥兰多既惊诧又悲伤，而他的部下也感到震惊。他们确信木子莫来自灵界，故而不死。突然，他们意识到没依靠他的帮助就赢得了这场战斗，他是一个骗子。心里还充满嗜血的欲望的他们想要把矛刺入他毫无知觉的身体以发泄怨恨，但奥兰多阻止了他们。

"神灵并不总保持同一形式，"他提醒他们，"也许他已经进入另一个身体，也许隐没不见，正从上面看着我们。如果是那样，你们对他留下的这个身体做出任何伤害，他都会报复。"根据他们的认知，这对尤腾伽人似乎是完全可能的。所以他们放弃了杀戮，并重新敬畏地审视那个身体。"再说，"奥兰多继续说，"无论是人还是鬼，他都忠于我；那些看到他打仗的人都知道他打得勇敢，打得棒。"

"是这样的。"一个武士赞同说。

"泰山！泰山！"尼安韦吉的精灵从木薯地边的树上尖叫起来，

"内其马害怕!"

"老前辈"划着偷来的独木舟经过缓流的小溪,正朝大河划去,在那里借助强大的水流就能把他和女子送到安全的地方。凯丽默默地坐在船底,她扯掉了头上的野蛮头饰,以及脖子上可怕的人牙项链,但她却留下了手镯和脚镯,尽管为什么她可能难以解释。也许是因为,无论她的困境如何,无论她经历过什么劫难,她仍然是一个女人——一个美丽的女人。这是一个谁也不能轻易忘记的事实。

"老前辈"几乎感到成功在望。在他之前顺流而下的豹人们肯定在回村寨的途中,没有理由会使他们立即返回来。寺庙没有独木舟,因此不会有任何追捕,因为波伯罗已向他保证,森林里没有小路通到豹人的寺庙。当独木舟缓缓驶入河口,他看到河面上黑暗的水流正在他面前延伸,他欣喜得几乎欢呼起来。

突然他听到船桨溅水的声音,他的心一下跳到喉咙口。他使尽浑身的力气把独木舟的船头调转向右岸,希望躲进浓密的阴影不被发现,直到另一条独木舟驶过去。天色非常黑,所以他有理由相信自己的计划会成功。

刹那间,黑暗中突显出迎面驶来的独木舟。这仅是一个更黑的模糊影子衬着黑暗的夜空。"老前辈"屏住呼吸,凯丽蹲伏在船舷下,以免别的独木舟上的人会在即使吞噬了其他物体的黑暗中,也会发现她的金色头发和白皮肤。这条独木舟经过他们,朝前方驶去。

那宽阔的河流此时就在前面,在那里,被发现的危险就会小得多。"老前辈"放下桨,划动中止的独木舟。独木舟一进入水流就迅速前进,他们来到了大河上!然而此时,一个黑暗的物体赫然出现在前面,似乎直接从他们的船前冒出来。"老前辈"拼命划桨试图改变独木舟的航线,但为时已晚。半道中,独木舟"轰"的一声,撞上了那个物体,这时"老前辈"已经认出那是一条载满武士的独木舟。

几乎同时,另一条独木舟也驶了上来,停在他旁边。接着传来一阵乱七八糟地嚷叫,有问题,有命令。"老前辈"听出了波伯罗的声音。几个武士跳进独木舟抓住他,一通拳揍,把他拽倒,再把他制服,捆起来。

此时波伯罗的声音响起:"快!我们还在被人追杀。尤腾伽人快来了!"

一双双粗壮的手抓住桨。"老前辈"感到独木舟似箭一般向前冲去,片刻之后,独木舟被疯狂地划进小河朝寺庙驶去。"老前辈"怵惧得心头一阵寒战,他已经把女子带到逃生的门槛,这样的机会永远不会再来,现在她命中注定在劫难逃。他没考虑自己的命运,只考虑那个女子。他在黑暗中四处搜寻,但找不到她,然后他跟她说话,他想安慰她。一种新的情绪突然攫住他,他只考虑她的安全和舒适,根本没有想到自己。

他又呼唤她一遍,但她没有回答。"住嘴!"靠近他的一个武士吼起来。

"女子在哪儿?""老前辈"问。

"住嘴,"武士坚持说,"这里没有女子。"

波伯罗乘的独木舟摇晃着靠近"老前辈"和凯丽用来逃跑的那条独木舟。波伯罗离凯丽非常近,甚至在黑夜都能看见她的白色皮肤和金发。霎时间,他看到并抓住了机会,他俯身双手伸过两条独木舟的船舷,将她拖进自己的船里。然后他大声发出一个假警报,他知道这个警报会让其他独木舟都惊慌失措地逃走。

跟他在一起的武士都是他的部下，他们的村庄位于远方下游的左岸。他低声发出一个命令，独木舟就被划进河道的主流。然后水手们让独木舟全速驶上航程。

凯丽经历过那么多事变，眼看着逃生的机会唾手可得，此时，又被这突如其来的转折惊呆了。这个转折让她失去了她唯一可望获助的人，并摧毁了她心怀的希望。

此时被绑住的"老前辈"束手无策，无可奈何。返回寺庙的航程于他只是一种徒劳无益的悔恨和悲伤。现在他们要怎么处置他，他都无所谓。他知道他们会把他处死，他只希望尽快结束；但他十分清楚食人族的方法，死刑会执行得缓慢而恐怖。

他们将他拖进寺庙，他看到地板上四处躺着醉酒的祭司和女祭司。入口处的噪声引起了大祭司艾米戈格的注意。他困倦地揉揉眼睛，然后摇摇晃晃地站起身来。

"发生什么事啦？"他问。

此刻，加托·姆贡古大步走进厅堂，他的独木舟紧随其后。"老前辈"也被带了进来。"发生了太多的事，"加托·姆贡古厉声说，"你们都喝得烂醉时，这个白人逃走了，尤腾伽人杀了我的武士，还烧毁了我的村寨。你的法力怎么回事，艾米戈格？符咒没有用！"

大祭司环视一遍四周，眼睛显出一种茫然的神情。"白女祭司在哪儿？"他哭喊起来，"她逃走了吗？"

"我只看见那个白人。"加托·姆贡古回答。

"白人女祭司也在那里，"一个武士插了一句，"波伯罗把她带进了自己的独木舟。"

"那么她应该很快就会过来的，"加托·姆贡古补充说，"波伯罗的独木舟在我的后面不会太远。"

"不能再让她逃跑了，"艾米戈格说，"也不能让这个男人逃跑。

把他绑好,关在寺庙后面的小房间里。"

"杀了他!"加托·姆贡古叫起来,"那他就再也跑不了了。"

"我们晚点儿再杀他,"艾米戈格回答说,他不喜欢加托·姆贡古不敬的口吻和他吹毛求疵的批评,艾米戈格希望能重申自己的权威。

"现在就杀了他,"加托·姆贡古坚持说,"不然他会再逃走,如果那样的话,白人会带他们的士兵一起来杀死你,烧毁寺庙。"

"我是大祭司,"艾米戈格傲慢地回答,"我只接受豹神的命令,我会问豹神,他说什么我就会做什么。"他转向睡觉的豹子,用一根端头锋利的杆子戳它。豹子跳起来,脸上显出令人恐怖的抽搐,大声咆哮着。

"白人逃走了,"艾米戈格向豹神解释道,"现在他又被抓住了,今晚他得死吗?"

"不,"豹神回答,"把他捆牢,关在寺庙后面的小房间里。我不饿。"

"加托·姆贡古说现在要杀了他。"艾米戈格继续说。

"告诉加托·姆贡古,我只通过大祭司艾米戈格说话,我不通过加托·姆贡古说话。因为加托·姆贡古心怀邪念,我已经作法使他的武士们被杀,使他的村庄受毁。如果他再起邪念,他就会被毁灭,豹神的孩子们可以把他吃掉。我说完了。"

"豹神说话了。"艾米戈格说。

加托·姆贡古深受撼动,大受惊吓,问:"我要把囚犯带到寺庙后面,负责看着他被牢牢捆住吗?"

"是的,"艾米戈格回答说,"把他带走,负责把他捆得无法逃跑。"

Chapter 12

祭 品

"泰山！泰山！"尼安韦吉的精灵从木薯地边的树上尖叫起来，"人猿泰山，内其马害怕！"

"内其马！内其马！"泰山用巨猿的语言回应，"你在哪里，内其马？泰山在这里！"

小猴从树上跳下来，蹦跳着越过木薯地。一声喜悦的欢叫，它一下纵到泰山的肩膀上，两只手臂搂住他古铜色的脖子，脸颊紧贴主人的脸；它就这样紧紧抱着主人，欣喜地呜咽起来。

"你们看，"奥兰多对伙伴们大声说，"木子莫并没死。"

泰山转向奥兰多，说："我不是木子莫，我是人猿泰山。"他摸了摸小猴，"这不是尼安韦吉的精灵，它是内其马。现在我回想起所有事情，自从大树砸到我身上以后，很长一段时间我一直在努力回忆，但在此前我一直都回想不起来。"

他们谁都没听说过人猿泰山。他是森林中以及延伸到遥远领地的莽林中的传奇人物。就像他们从未见过的神灵和妖魔一样，他们从未期待看见他。也许奥兰多有点失望，但总的来说，他们发现这是一个有血有肉的男人，被同样的力量驱使，遵循同样控制他们的自然法则，这对他们都是一个安慰。他们一直惴惴不安，从来无法确定奥兰多的祖先神灵会以何种奇异形式现身，也无法确定他是否会突然从行善变为施恶势力；所以他们接受了他的新角色，但有这样的不同：从前他如仆人服从主人的吩咐一样执行他的职责，现在他似乎突显了自己的权威。这种变化如此微妙，以致几乎不明显，但无疑是由于白人重新苏醒的智力对黑人同伴们产生了心理作用。

他们在加托·姆贡古村的废墟附近的河边扎下营地，那里有木薯和芭蕉田地，再抓来豹人的几只山羊和鸡，在数日节衣缩食的行军作战之后，好好犒劳了一番自己的肚皮。

在这漫长的一天中，泰山想起很多事。此时他已回忆起为何来到这片乡野，并对自己遭遇的巧合惊叹不已，这些事件一直引领他的脚步沿他计划踩踏的路径行走，之后他遇到的意外事故改变了他的目的。他现在知道，是来自豹人的掠杀致使自己只身前往进行侦察，一心想落实传说中的豹人，找到他们的堡垒和庙宇。他应该已成功地找到这两个地点并摧毁了其中一个，这是极其令人欣慰的。他因此非常感恩导致这个结果的意外事故。

有些细节他现在还不完全清楚，但记忆正在逐渐恢复。夜幕降临，晚餐正在进行时，他突然回忆起他在豹神庙中看到的白人男子和白人女子。他跟奥兰多讲起他们，但奥兰多对这两人一无所知。"如果他们在寺庙里，可能已经遇害了。"

泰山坐着苦思冥想良久，虽然他并不认识这两个人，但觉得对他们有一定义务，因为他们跟他同种族。最后，他站起来，叫唤正在咀嚼半个芭蕉的内其马。

"你要去哪儿?"奥兰多问。

"去豹神庙。"泰山回答。

"老前辈"躺了一整天,被绑得牢牢的,没有吃的,也没有喝的。偶尔有一个祭司或女祭司过来窥视一下,看他有没有逃走,有没有挣松绑绳,除此之外他都独自待着。白天寺庙里的人几乎没有什么动静,大多在睡觉,以缓解前夜酗酒的后遗症;但随着夜晚的来临,"老前辈"听到活动的声音。庙堂里响起诵经的声音,在其他噪声之上,还有大祭司尖锐的说话声和豹子的咆哮声。在这段漫长的时间里,他时常想到的还是那个女子。他听到武士告诉艾米戈格,波伯罗抓走了她,因此认为她会再次被迫与豹神一起在王座台上扮演她的角色。至少他可能会再见到她,这会是一件有意思的事。但是自己能营救她的希望已经消沉得如此渺茫,以至于根本不能再被称之为希望。

他尝试以更好的判断去推理,既然他们曾逃出寺庙一次,他们也可能再次逃跑。这时一个手持火把的祭司走进房间,他是一个面目邪恶的老家伙,脸上涂着凸显野蛮面孔的颜色,这正是图姆拜村的巫师索比托。他弯下腰,开始解捆住白人脚踝的绳子。

"你们要拿我怎么办?""老前辈"问。

索比托恶毒地咧嘴一笑,露出黄长牙:"你猜会怎么办,白人?"

"老前辈"耸了耸肩:"杀了我,我猜。"

"不会太快,"索比托解释道,"那些慢慢地、痛苦地死去的人的肉才嫩。"

"你这个老魔鬼!""老前辈"喊叫起来。

索比托舔了舔嘴唇,他享受折磨人,无论是身体上还是精神

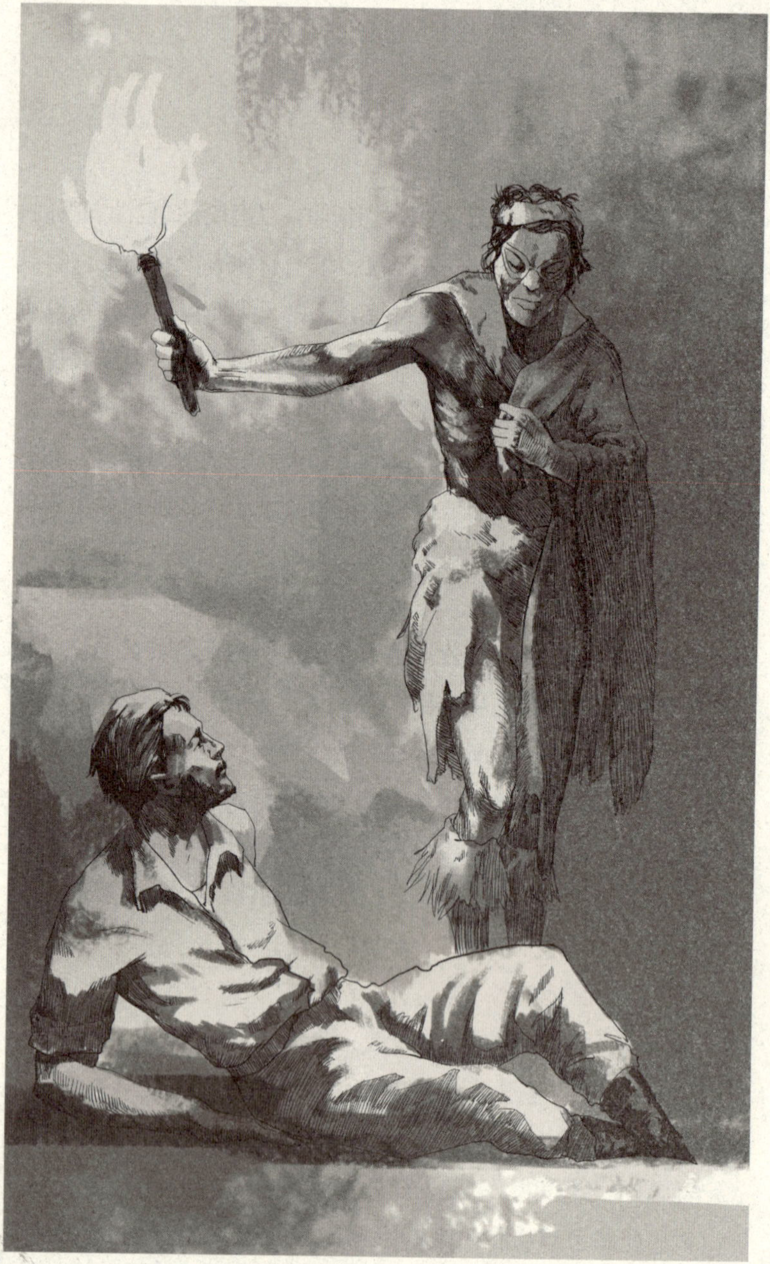

上。这是一个他不愿放弃的机会。"首先你的手臂和腿脚会被打断，"他解释说，"然后再把你捆牢，垂直吊在沼泽的一个洞里，这样你就不会把嘴或鼻子伸到水下面自杀。你将在那里吊三天，到时候你的肉就会变嫩。"他停下不再说。

"然后呢？""老前辈"问，此时他的声音很镇静，他已决定绝不让他们目睹自己精神痛苦，从而获得快感。到他必须承受身体痛苦的时候，他会祈祷上帝，让他能有力量以一种反映他种族荣誉的方式经受考验。三天！上帝，会有多么糟糕的命运可以预见！

"然后呢？"索比托重复说，"然后你会被带到寺庙，豹神的孩子们会用钢爪把你撕成碎片。看！"他展示了长长的钩状武器，垂挂在他宽松的豹皮袖口的利爪。

"然后你们就会吃了我，嗯？"

"是的。"

"但愿你会被噎死。"

索比托终于解开了白人脚踝上的绳结，踢了他一下，叫他站起来。

"你们也要杀了白人女子把她吃掉吗？""老前辈"问。

"她不在这里，波伯罗把她偷走了。因为你帮她逃走，所以你会遭受更大的痛苦。我已经建议艾米戈格把你的手臂和腿脚打断后，再把你的眼球挖掉。忘了告诉你了，我们要把每只眼球打穿三四个洞。"

"你的记忆在变糟，""老前辈"评了一句，"但我希望你没忘记别的什么事。"

索比托哼了一声。"跟我来，"他命令道，然后带领"老前辈"走过黑暗的走道，到豹人聚集的厅堂去。

一看见囚犯,一百五十条喉咙就发出了野蛮的吼叫,豹子也咆哮起来,大祭司在王座台上跳舞,那些可怕的女祭司尖叫着跳起来,仿佛一心想把白人撕成碎片。索比托把囚犯推到王座台下面的最高处,再拖到大祭司面前。"这就是祭品!"他尖叫起来。

　　"这就是祭品!"艾米戈格对豹神说,"你的命令是什么,噢,豹孩们的父亲?"

　　艾米戈格用锋利的杆子戳它时,那头巨大的野兽皱起凸嘴,龇牙咧嘴,回答似乎从咆哮的喉咙里传出来。"把他打烂,在第三天晚上,开一个盛宴!"

　　"那么波伯罗和白人女祭司怎么办?"艾米戈格问。

　　"派武士去把他们带来寺庙,波伯罗可能会被打烂,然后开另一个盛宴。我把白人女子给大祭司艾米戈格,等他厌倦了她,我们再开一次盛宴。"

　　"这就是豹神的话,"艾米戈格喊道,"照他的吩咐,这事就这么办。"

　　"把白人打烂,"豹子咆哮道,"第三天晚上,让我的孩子们都回来,每个人都可以吃白人的肉,变得更聪明。你们吃了他的肉以后,白人的武器就再也不能伤害你们。把白人打烂!"

　　"把白人打烂!"艾米戈格大叫。

　　霎时间,六个祭司跳起来,抓住囚犯,把他重重地扔到王座台的陶泥地上,随后,把他的手臂和腿拉开,再把他捆得牢牢的,同时四个女祭司拿着结实的木棒冲上来。这时,寺庙某处传来击鼓声,敲出一种诡谲的节奏,女祭司们围着匍匐在地上的受害者随着节奏跳起舞来。

　　这一切表演都是野蛮仪式的一部分,"老前辈"几乎从一开始就意识到了,但是这个表演企图描画什么他还想象不出来。如果他们希望从他身上取到一些畏惧的证据，那么他们失算了。他仰躺在地上看着他们，脸上只有普通舞蹈可能引起的表情，再也没有别的表情。

武士们随着舞蹈和击鼓变得越来越疯狂，不停地催促女祭司们继续跳舞，对于这残酷奇观的高潮，他们早已等得不耐烦。大祭司——真人秀大师，这时感受到他的观众的情绪，发出了一个信号。击鼓停止了，舞蹈停止了，观众突然安静下来，沉默比先前充满厅堂的喧嚣更为恐怖。

这时，女祭司们举着木棒悄悄地逼近无助的受害者。

Chapter 13
大河下游

凯丽蹲在独木舟底,听着有节奏的划桨声。同时独木舟被划进水流迅速的大河,并顺流驶向下游。她知道他们此时是在大河怀抱里,没有返回寺庙,也没有去上游的加托·姆贡古村寨。那么,命运在给自己安排什么新的考验,又会去哪里呢?

波伯罗朝她俯过身来,低声说:"别害怕,我会带你离开豹人。"

她懂一点他说的部落方言,听得懂他说的大意。"你是谁?"她问。

"我是波伯罗,是酋长。"他回答。

她立即想起"老前辈"曾希望得到这个人的援助,但要用象牙的代价。她的希望又浮现了,现在她可以为他们俩花钱买安全。"那个白人在独木舟上吗?"她问。

"不在。"波伯罗回答。

"你许诺过要救他。"她提醒他说。

"我只救得了一个。"波伯罗回答。

"你要带我去哪儿?"

"去我的村庄,你会安全的,没有谁会伤害你的。"

"然后,你会把我带到下游,回到我自己的人那里吗?"她问。

"也许得过一段时间,"他回答,"不用着急,你跟我在一起。我会对你很好,因为我是个大酋长,拥有许多茅草屋,许多武士。你会有很多食物,很多奴隶,不用干活。"

凯丽颤抖起来,因为她知道他说这些话的含义,她哭喊起来:"不!哦,请让我走吧。白人说你是他的朋友,他会付钱给你的,我也会付钱给你的。"

"他永远都付不了钱了,"波伯罗回答,"如果现在他还没死,那他在几天内也一定会死的。"

"但是我可以付钱,"她恳求道,"只要你能把我安全地送到我自己的人那里,无论你要多少钱,我都会付给你。"

"我不要报酬,"波伯罗愤恨地说,"我要你。"

这时她看清自己的处境毫无改变的希望,在这片恐怖的土地上,唯一知道她的危险并且可能帮助她的人不是已经死了,就是快要死了,而她自己却无可奈何。但还有一条出路!这个念头突然闪现在她脑海里:河流!

她绝不能长久思忖这个念头——否则,那冰冷黑暗的河水和河里的那些鳄鱼,会让她失去勇气。她必须立即行动,不去多想。她一下站起来,但是波伯罗离她太近。他立即猜出她的意图并抓住她,把她粗暴地扔到独木舟底部。他非常生气,重重地给了她一记耳光,然后按住她,捆牢她的手腕和脚踝。

"你再也试不了了!"波伯罗朝她吼叫。

"那么我还会找到其他方法,"她挑衅地回答,"你不会得到我的。你最好接受我的条件,要不然,你既得不到我又得不到报酬。"

"住嘴,女人,"波伯罗命令道,"我听够了!"他又打了她。

独木舟迅速行驶了四个钟头,那些乌黑的水手随着完美的节奏前后摆动,似乎不知疲倦。太阳升起来了,但是她俯卧在船底,什么都看不到,只能看见近旁水手摇摆的身子,波伯罗那张低俗的脸,以及上方古铜色的天空。

后来,她终于听到岸边有人喊叫,独木舟上也有船员回应。过了一会儿,她感到船头撞到河岸。这时波伯罗才解开她手腕和脚踝上的绳子,帮她站起来。她前面的河岸上有几百个土著人:男人、女人和孩子。他们后边是一个村庄,草顶小屋蜂巢般簇拥在村里,村外四周围着爬满藤蔓的栅栏。

村民们一看见白人俘虏就大喊大叫,问一大堆问题。她一走上岸就被几十个好奇的野蛮人围住,其中女人们表现得最不友好,她们打她、啐她。要不是波伯罗赶过去,拿矛杆左右挥打,她们还会给她更大的伤害。

她被带着走过一半村庄,穿过居住区来到波伯罗的院子。这是一座比其他房屋更大的建筑,两侧有几间两室的小屋,围着矮栅栏。这里住着波伯罗、他的妻妾和他们的奴隶。在院子大门口,喧嚣的人群都停住脚,只有凯丽和波伯罗走了进去。很快地,凯丽又被一群愤怒的女人包围住,这些都是波伯罗的妻妾,一共有十几个,有十四岁的孩子,也有一个年老、脱牙、丑陋不堪的老太婆。其中那个老太婆尽管年迈体衰,但似乎很有权势,主宰着其他人。

波伯罗再次动用长矛保护他的俘虏以免受到严重伤害,他毫不留情地痛打最顽固进攻的人,打得她们退离他的武器所及范围,然后他转向那个老太婆。

"阿布伽，"他对她说，"这是我的新妻子。你来负责照顾她，不让她受到伤害，再派给她两个女奴。我会派奴隶去给她建一个靠近我的小屋。"

"你是个傻瓜！"阿布伽喊道，"她是白人。这些女人不会让她平安无事地活着。如果她们让她活下去，她们也不会让你平安无事地生活，除非她死了或者你抛弃她。你把她带回家来，真是个十足的傻瓜，你永远都是傻瓜！"

"你给我住口，老太婆！"波伯罗吼起来，"我是酋长。如果这些女人骚扰她，我就杀了她们——还有你！"他加了一句。

"也许你会杀其他人，"老巫婆尖叫起来，"但你不会杀我。我会挖出你的眼睛，吃掉你的心。你是个猪崽子，你母亲是个狐狼。你，酋长！要不是有我，你早就是个奴隶的奴隶。你是谁！连你自己的母亲都不知道你父亲是谁。你——"

但是波伯罗走开了。母老虎转向凯丽，双手放在她的臀部，然后从头到脚打量她。她注意到那精美的豹皮服装和昂贵的手镯和脚镯。"过来，你！"她一把抓住女子的头发，尖叫起来。

这是压垮骆驼的最后一根稻草。宁愿现在就死，也不愿忍受野蛮的虐待和刻薄的侮辱而苟且偷生。凯丽挥臂朝阿布伽头上猛然一拳，打得她摇晃起来。其他女人都大笑起来。凯丽预料老巫婆会扑过来，杀死她，但没有。相反，阿布伽看着凯丽，惊诧得目瞪口呆，就这样站着呆呆地看了她一会儿。然后似乎才注意到其他女人的大笑和嘲讽，她抓起一根棍子，发出一声疯狂的尖叫，向她们冲过去。她们像受惊的兔子找窝一样四处逃散，但在逃走之前，棍子已经重重地打在两个人身上。阿布伽一边尖声咒骂，一边追赶她们，拿波伯罗的愤怒恐吓她们。

她回到白人女子身边时，仅朝一间小屋的方向点了一下头，又说："来吧！"这次口吻不再那么专横，她的态度似乎改变了，不再那么不友好，或者说不那么威胁人。这个可怕的老妇人竟然会对别人友善，似乎完全出乎意料。

阿布伽把凯丽安置在她的小屋，交给两个女奴保护，便蹒跚地走向院子大门，可能希望看到波伯罗，心想他还有一些事情没跟自己说；但看不到波伯罗的踪影。但她看到，有一个从上流回来的武士蹲在附近一间小屋前，等着他妻子做饭。

阿布伽是一个特权人物，因此有权离开酋长特辖区。她走过院子，在武士旁边蹲下来。

"那个白人女子是谁？"阿布伽问。

这个武士是个非常愚蠢的家伙，而且他最近喝醉了，两夜都没睡觉，这让他变得迟钝。此外，他非常害怕阿布伽，因为谁会不怕呢？他抬起布满血丝的眼睛，滞钝地看着她。

"她是豹神的新白人女祭司。"他回答。

"波伯罗从哪里得到她的？"阿布伽接着问。

"我们从加托·姆贡古村的战斗中撤出来，在那里我们被击败，正在跟加托·姆贡古一起返回寺庙——"他突然停下来，"我不知道波伯罗在哪里得到她的。"他阴沉地中止讲话。

武士的妻子厌恶地看着他，低声地指责道："那么你是一个豹人！"

"这是一个谎言，"他喊道，"我可没那么说。"

"你说了，"他妻子反驳道，"你告诉了阿布伽，波伯罗是一个豹人，这对波伯罗、对你，都没好处。"

"说话太多的女人有时会被割掉舌头。"他提醒她。

"说话太多的是你，"她反驳道，"我什么也没说过，我什么都不会说。你想要全村人都知道我的男人是个豹人吗？"她的语气透出深深的厌恶。

豹人组织是一个秘密组织,由豹人组成的村庄很少,几乎没有一个部落是完全由豹人组成。所有不属于这个恐怖组织的人都厌恶、恐惧地看待有豹人的村庄。他们的仪式和习俗甚至被最低级的部落所蔑视。一旦有人被证实为豹人,在任何地方都相当于通过一个流放或者死刑的判决。

阿布伽揣摩着获得的信息,她蹲在小屋前叽里咕噜,自言自语,其他女人见了都感到害怕,因为她们看到阿布伽在微笑,知道每当阿布伽微笑,什么倒霉事一定会落到某人头上。波伯罗走进大院时,她们看到她笑得更加开心,于是都松了一口气,她们明白那个受害者是波伯罗而不是她们。

"白人女子在哪里?"波伯罗走到阿布伽面前停下来问,"她有没有受到伤害?"

"你的女祭司相当安全,豹人。"阿布伽嘘声说,声音压得很低,只有波伯罗才听得见。

"你什么意思,你这个女魔鬼?"波伯罗气得脸色发青。

"我怀疑很久了,"阿布伽"咯咯"笑着说,"现在我明白了。"

波伯罗抓起他的刀,一把揪住阿布伽的头发,把她按在自己的膝盖上:"你说我敢不敢杀你?"他咆哮着问阿布伽。

"你不敢,听着。我告诉另一个人了,她不会说,除非要么我下命令,要么我死了。如果我死了,整个村庄都会知道,你会被撕成碎片。现在就杀了我,要是你敢!"

波伯罗松开手,她跌坐到地上。他可能不知道阿布伽跟他撒谎,其实她没有告诉任何人。他可能已经猜到,但他不敢冒险,因为他知道阿布伽是对的。如果村里的人发现他是一个豹人,他们会把他撕成碎片,而且部族里的其他歹徒也不敢来保护他。为了转

大河下游 | 125

移怀疑，他们甚至会加入谋杀他的杀手队。波伯罗现在非常担忧。

"谁告诉你的？"他问道，"无论是谁告诉你，这都是谎言。"

"那个女子是豹神的女祭司，"阿布伽嘲弄道，"被打败之后，你们离开了加托·姆贡古村，跟随加托·姆贡古一起返回寺庙，所有男人都知道他是豹人的酋长。你是在路上得到那个女子的。"

"这是一个谎言。我从豹人手中偷走了她，我不是豹人。"

"那么把她还给豹人，我就不会说这件事，也不会告诉任何人，你是加托·姆贡古的好朋友，你跟他一起对抗他的敌人，否则，人人都会知道你肯定是一个豹人。"

"这是一个谎言。"波伯罗重复了一遍，但他又想不出别的话来。

"不管说谎还是没说谎，你到底会不会放弃她？"

"好吧，"波伯罗说，"过几天再说。"

"今天，"阿布伽要求道，"就在今天，要不然我今晚就杀了她。"

"那就今天。"波伯罗只好同意，然后转身离去。

"你要去哪里？"

"去找个人把她带回豹人可以找得到她的地方。"

"你干吗不杀了她？"

"如果我这样做，豹人会杀了我，他们还会杀死我的许多人。如果我杀了他们的女人，他们会首先杀了我的女人。"

"去找人把她带走，"阿布伽说，"但是千万别耍花招，你这个猪崽子，你这头公猪，你——"

波伯罗不愿听下去，飞快地跑进村里去。他非常生气，但更害怕。他知道阿布伽说的都是真的；但另一方面，他对白人女子的激情仍很强烈。他必须想出办法来为自己留住她；而且，万一他失败，还有其他用途可以利用她。他一边盘算着这些念头，一边沿着村街走向密友卡坡帕的小屋。卡坡帕是本村的巫师，也是他多次合作有价值的盟友。

他发现这个老人在应酬一个客户。客户想要一个能杀死他某个妾的母亲的符咒。为此卡坡帕要三只山羊——提前给他。他俩讨价还价很久。客户坚持认为他的岳母还不值一只羊,他争辩道:"那是活着,要是死了,她的价值会降低到不值一只鸡。"但是卡坡帕却执拗地拒绝了。最后这个男子只能无功而返。

波伯罗立即谈起来找巫师要谈的事情。"你知道,我从上游回来时,带来一个白人妻子。"

卡坡帕点了点头:"村里谁不知道?"

"她已经给我惹了很多麻烦。"波伯罗继续说。

"你希望摆脱她?"

"我不希望,是阿布伽希望我摆脱她。"

"你要一个符咒杀死阿布伽?"

"我已经求了你三个这样的符咒,"波伯罗提醒他说,"但是阿布伽还活着,我不想再要一个。你的法力没有阿布伽强。"

"你想要什么?"

"我会告诉你的。因为白人女子是豹神的女祭司,阿布伽说我肯定是个豹人,但那是谎言。我是从豹人手中把她抢来的。大家都知道我不是豹人。"

"当然。"卡坡帕赞同道。

"但是阿布伽说,如果我不杀了女子或者把她送走,她就会告诉大家我是豹人。我该怎么办?"

卡坡帕坐着沉默了一会儿,然后伸手去摸他身旁的一个包。波伯罗慌张起来,他知道,每当卡坡帕伸手在包里摸找东西,代价总是很昂贵。最后,巫师抽出一小捆被脏布包着的东西,他小心地解开绳子,把布片摊在地上,露出里面包着的几根短小树枝

大河下游 | 127

和一个骨头雕成的小雕像。卡坡帕把雕像竖立在他的对面,把树枝捧在两个手掌间摇晃一阵,再把树枝抛在雕像前面。他仔细地观察小枝的位置,挠了挠头,然后把小枝捧起来,再抛出去。他又沉默地研究小枝的位置。

不久他抬起头来,宣布道:"我现在有一个计谋了。"

"那要多少钱?"波伯罗问,"先告诉我代价。"

"你有一个女儿吧?"卡坡帕说。

"我有好多个女儿。"波伯罗回答说。

"我不会全都要。"

"如果你说出我怎么能留住白人女子,又不让阿布伽知道这事的办法,你可以自己挑选一个。"

"这事能做到,"卡坡帕说,"小人村没有巫师,长期以来,他们一直来找卡坡帕要符咒,无论卡坡帕要求什么他们都会去做。"

"我不明白。"波伯罗说。

"小人村离波伯罗村不远,我们把白人女子送到那里去。只要花一小点钱送他们一顿饭,偶尔给他们几条鱼,他们就会为波伯罗收留她,直到阿布伽去世。阿布伽哪天肯定会死,她已经活得太久了。在这段时间,波伯罗可以去小人村探望你的白人妻子。"

"你可以跟小人们安排这事吗?"

"可以。我要跟你和白人女子一起去,我会安排好一切。"

"好啊,"波伯罗喊起来,"我们现在就出发!等我们回来,你可以去我家,带走你选中的我的女儿。"

卡坡帕包起树枝和偶像,放回布袋,然后拿起自己的长矛和盾牌,说:"去带白人女子。"

Chapter 14
索比托回村

火把烟雾缭绕,火光摇曳不已,照亮了豹神庙的厅堂,显现出里面上演的野蛮戏剧;但是外面一片漆黑,连五十英尺远的地方几乎都看不清。黑暗中有一个人影沿河岸迅速地移动,他悄悄地走近豹人的独木舟,把独木舟一条条地推进溪流中去。除一条外,其他独木舟都被推进溪流漂走后,他把它拖上河边,泊在寺庙后面。然后他跑进寺庙,爬上一根走廊上的柱子,过了一会儿,他盘在寺庙房檐下的一根横梁上,从一个开孔窥视里面悲惨的景象。

他在那里已经待了几分钟,是为了看清并确定白人囚犯的处境,随即他构想出自己的计划,然后迅速跳下来跑到河岸,开始执行计划的一部分。等再回到横梁上时,他意识到只要迟几秒自己就会失去机会。下面的厅堂突然安静下来,豹神的女祭司们偷偷溜近匍匐在地的受害者,小祭司们也不再扮演纯属表演的伪装保护,结局已经到来。

泰山从屋檐下的一个开孔一下荡进寺庙里面,在火把飘上来的烟雾遮掩下,悄悄地从一根横梁跳到另一根横梁。他看到那些女祭司就快挨近白人囚犯的身子了,尽管泰山很敏捷,但也无法及时赶到白人身旁。这是一个大胆疯狂的计谋,只有泰山活跃的大脑才想得出来,其成功与否主要取决于勇气。现在看来,这个计谋似乎在付诸行动前就已注定是失败的。

喧嚣的鼓声、大喊大叫声和跳舞的脚步声之后,一阵突然的寂静惊惧了囚犯绷紧的神经。他左右转动眼睛,看见女祭司们正偷偷向自己逼近。某种预感告诉他最终的、可怕的恐怖正要降临他身上。他鼓足勇气去承受痛苦,唯恐折磨他的人会因看到他流露痛苦而倍感满足。某种民族的秉性在抵抗他的胆怯——不让他在那些他认为的劣等种族生物的面前流露畏惧或痛苦。

女祭司们快要来到他身旁,不料,她们上方的高处突然传来一个声音,打破了厅堂的死寂。"索比托!索比托!索比托!"空洞高昂的话音回荡在寺庙的椽子之间。"我是奥兰多的木子莫,是尼安韦吉的朋友。我同尼安韦吉的精灵一起来对付你!"

同时,只穿着腰裙、几近赤身裸体的泰山,像一只敏捷的猴子一样,从寺庙的一根柱子上跑下来,跳到王座台上。这突如其来的变故吓得豹人全都目瞪口呆,一时不知所措,既惊诧又畏惧。索比托更是吓得说不出话,两腿直颤抖,然后,他回过神来,尖叫着从王座台逃到站在厅堂的武士们中间寻求保护。

"老前辈"跟豹人们一样惊诧,惊奇万分地观望着,他盼望泰山去追击索比托,但泰山并没那样做,相反,直接转身走向自己。

"准备跟我走,"泰山用英语低声吩咐道,"我要从寺庙后面出去。"然后,他很快换成该地区的方言。"抓住索比托,把他带给我,"他向王座台下的武士们喊道,"在你们抓住他以前,我要押着这个白人当人质!"

还没等对方做出回应,泰山已跳到"老前辈"身边,把那些吓呆的祭司从他身边扔出去,然后抓住他并拉起来。泰山没再说话,转过身去,迅速地跳到王座台上。艾米戈格看见他们跑过来,赶快缩到一边。泰山和"老前辈"跑进王座台后面的门道,从豹人的视线中消失了。在门道里,泰山停住脚,挡住"老前辈"。

"白人女子在哪儿?"泰山问道,"我们必须把她带走。"

"她不在这里,""老前辈"回答,"一个酋长偷走了她,我猜想,她被带到他下游的村庄去了。"

"那么,走这边。"泰山一边指示,一边跑进他们左边的一道门。

过了一会儿,他们来到走廊上,顺着走廊的一根柱子溜到地面。然后泰山迅速跑向河边,"老前辈"紧跟在后。到了河边,泰山停在一条独木舟旁边。

"乘这条船,"他指挥说,"这是留在这里唯一的一条独木舟,他们不能追踪你,等你驶到主河道,便会开始加速,这样他们就更不能追上你了。"

"难道你不跟我一起走吗?"

"不,"泰山一边回答,一边把船推进溪流,"你知道那个偷走女子的酋长的名字吗?"泰山问道。

"他叫波伯罗。"

泰山把独木舟推离河岸。

"我无法感谢你,伙伴,""老前辈"说,"英语简直没有合适的词汇。"

河岸上沉默的人影没有应答,过了一会儿,水流攫住独木舟,隐没在黑暗中。然后"老前辈"抓起一把桨,努力加快船速,他想尽快逃离这条神秘的死亡之河。

索比托同村 | 131

看到独木舟几近隐没于黑暗之中，泰山这才转身走向寺庙。他再次从一根柱子爬到走廊上，重新进入寺庙后部。他听到寺庙前部有尖叫和扭打的声音，他听出声音的来源时，嘴角浮现出冷峻的微笑。他迅速走到王座台的门口，看到几个武士拖着脚蹬腿踢、厉声嘶叫的索比托朝他走过来；然后他走出来，站在豹神旁的王座台上。刹那间所有的目光都集中在他身上，每只眼睛都充满恐惧。他进入他们圣地的勇气，他的挑衅以及他从他们手中带走囚犯的轻松自如，都给他们留下了深刻的印象，而巫师索比托一见他就惊恐地逃跑，这一事实更使他们确信他来自超自然世界。

"把他的手脚捆起来，"泰山命令道，"把他交给我，尼安韦吉的精灵在看着，等着杀他，所以别耽搁。"

拖着索比托的武士们匆匆捆住他的手腕和脚踝，然后把他举到肩上，扛着穿过王座台旁边的门道走到寺庙后院。

泰山在那里跟他们会面。"把索比托给我留下。"他命令道。

"你扣做人质的白人囚犯在哪里？"一个比同伴更大胆的武士问。

"到寺庙尽头最后一个房间去找他。"泰山说，但他可没说他们一定会在那里找到那个人。然后他把索比托举上肩膀，走进带"老前辈"逃走的那个房间。当武士们在黑暗中摸索着寻找"老前辈"时，泰山扛起惊吓得尖叫的索比托，走出寺庙进入森林。

很长一段时间，豹神庙里畏惧的听众默默听着远处传来图姆拜村巫师那阴森的哀号变得越来越微弱，然后搜索豹神庙的武士们回来报告囚犯不在那里。

"我们上当了！"艾米戈格喊道，"奥兰多的木子莫和尤腾伽人偷走了我们的囚犯！"

"木子莫来抓索比托时，他也许逃跑了。"加托·姆贡古建议道。

"搜索这个岛!"另一个酋长喊道。

"独木舟!"又一个酋长惊叫起来。

豹人们立即奔到河边,然后意识到他们遭受的灾难多么严重,因为所有把他们载到寺庙的独木舟都不见了,一条不剩。他们的情况其实比乍看更糟:村寨被烧毁了,没有一起到寺庙的同伴们不是死了就是失散了;没有一条小路可以通过盘根错节的莽林迷宫;但更糟糕的是,宗教迷信禁止他们进入岛上阴森森林的外缘,否则他们可以利用外缘最近的小路;他们四周的沼泽和下边的河流遍布鳄鱼。寺庙里储备的食物只能支撑几天。而且他们是食人族,他们中的弱者首先意识到这一事实的严重性。

奥兰多的武士们蹲在加托·姆贡古的木薯地旁边的营地里,他们吃饱了肚子,非常高兴。明天,他们将启程返回故乡,迫不及待去参加为凯旋的武士们举行的庆祝会。一旦有机会讲话,每个人都会一遍又一遍地重述自己的英雄事迹,没有一次会落掉戏剧性的精彩部分。要是统计学家偶尔听见,可能据此会计算出敌军死亡多达两千人。

一个巨大身影突现在他们中间,打断了他们的回忆,他似乎从稀薄的空气中现身,时有时无。这是他们认识的木子莫,也是人猿泰山,他肩膀上扛着一个被捆住的人形。

"人猿泰山!"有些人叫。

"木子莫!"另一些叫。

"你给我们带来了什么?"奥兰多问道。

泰山把捆住的人形扔到地上,回答道:"我把你们的巫师索比托带回来了,他也是豹神的一个祭司。"

"这是谎言!"索比托尖叫。

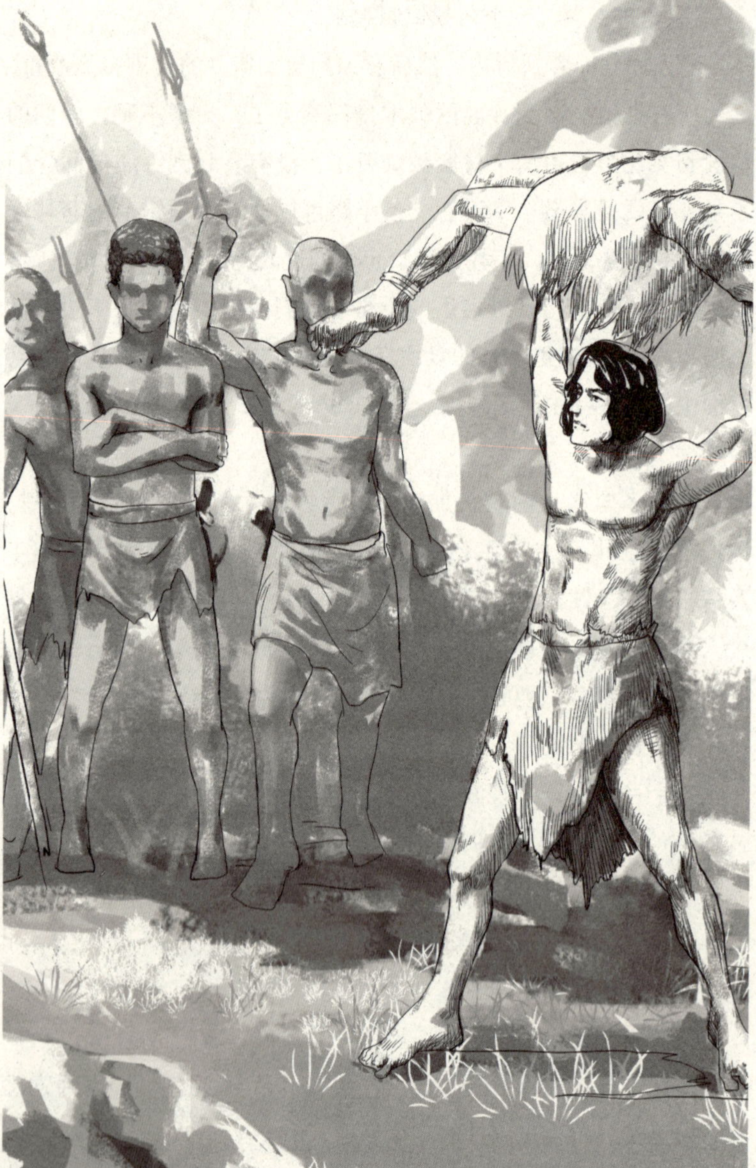

"看他身上的豹皮！"一个武士喊道。

"豹人的钩爪！"另一个叫道。

"不，索比托不是豹人！"第三个嘲笑道。

"我在豹人寺庙里发现了他，"泰山解释道，"我想你们想要回你们的巫师，给你们施行强大的法力，保护你们免受豹人的伤害。"

"杀了他！"一个武士高声吼起来。

"杀了索比托！杀了索比托！"八十条嗓子一起回应，愤怒的武士们逼近巫师。

"等一等！"奥兰多命令道，"最好把索比托带回图姆拜村，村里有很多人想看到他死。这会给他时间反思他所做的坏事，会使他难受得更长点，既然他已经使其他人受苦，我相信尼安韦吉的父母想看到索比托被处死。"

"现在就杀了我，"索比托恳求道，"我不想回图姆拜村去。"

"是泰山抓住了他，"一个武士建议说，"让他告诉我们如何处置索比托。"

"你们想怎么处置就怎么处置他，"泰山回答说，"他不是我的巫师。我还有其他事情要处理，现在就去。如果你们再也看不到我，一定要因为我而善待白人。因为泰山是你们的朋友，你们也是我的朋友。"

说完，正如他来时那样无声无息地消失了；跟他一起消失的还有小内其马——那只被尤腾伽部落的武士们认作尼安韦吉的精灵的小猴。

Chapter 15
小人们

波伯罗和卡坡帕押着凯丽走出狭窄的森林小路,远离该地区的生命动脉大河,回到遮天蔽日的莽林深处。这里巨兽四处出没,只有小人们居住。这里既无林中空地又无田野,他们没有遇见任何村庄。这些小路非常狭窄,很少有人走,有的地方空间低矮,因为小人们不必把小路清理到其他人必须达到的高度。

卡坡帕走在前面,因为他比波伯罗更了解小人们。但是他们俩都知道他们的生存方式,知道他们如何躲藏在灌木丛中,用长矛刺穿粗心大意的路人,或者从树上射出毒箭镞。但是他们会认出卡坡帕,不会暗害他们。卡坡帕背后是凯丽,她的脖子上拴着一根绳子。她身后跟着波伯罗,握着绳子的另一头。

他们前往何处,有什么命运等待自己,凯丽一无所知。她因绝望而麻木困倦,机械地走着,毫无逃生的希望,她此时唯一的遗憾是无法结束自己的悲惨折磨。总之,她此时的处境似乎比以往更糟糕。或许由于阴暗森林使人压抑的缘故，或许由于前途未卜的神秘影响，她感到自己像一只哑巴动物一样被带到屠宰场。屠宰！这个词令她着迷。她知道波伯罗属于食人族。也许他们要把她带到阴森的密林深处，再杀死她、吞噬她。她奇怪为何这个念头不再使自己烦恼，然后她猜到了真相——推断为死亡。死亡！此时她最渴望的莫过于死亡。

她不知道他们在那条看似无尽的小路上走了多久，但在一长段沉闷的苦难之后，突然传来一个声音。卡坡帕停下了脚步。

"你们来雷贝加领地要做什么？"那个声音问。

"我是巫师卡坡帕，"卡坡帕回答，"跟我在一起的是酋长波伯罗和他的妻子。我们来拜访雷贝加。"

"我认识你，卡坡帕。"声音回答说。一秒钟后，一个矮小的武士从旁边灌木丛中走到他们面前的小路上。他身高约四英尺，赤身裸体，只戴着一条项链、几只铜手镯和铁脚链。

他双眼小而深凹，让他那副讨厌的面孔更显得狡猾。他看见白人女子时，露出惊讶和好奇的表情，但没问任何问题。他吩咐他们跟随自己，便沿曲折的小路继续前进。几乎同一瞬间另外两个武士似乎从稀薄的空气中现身，跟在他们身后；他们就这样被押送到酋长雷贝加的村庄。

这是一个由低矮小屋组成的邋遢村庄，小屋呈对称椭圆形，两头各有一道二三英尺高的门，所有小屋安置在一个椭圆形的外围，中央是酋长的小屋。村庄四周围着一圈削尖的枝条和砍断的树木垒成的围栏，两端有开口，供进出用。

雷贝加是一个满脸皱纹的老男人，他蹲在小屋门外，四周围着他的女人和孩子。访客走近时，他没有任何认可的表情，但那双溜圆的小眼睛盯着他们，露出明显的怀疑和恶意，一副拒人千里之外的样子。

卡坡帕和波伯罗跟他打招呼,但他仅点了下头,哼了一声。在凯丽看来,他的整个态度似乎是敌对的。她看见那些小武士一个个从各自小屋出来围住他们时,她相信卡坡帕和波伯罗已经掉进了一个陷阱,难以逃脱,这个念头让她十分开心。结果对她来说已无关紧要,没有什么会比波伯罗为她准备的命运更糟糕。尽管她精神紊乱,但从未见过侏儒的她此时还有兴趣去观察他们。女人比男人更矮小,他们很少有人身高超过三英尺;而孩子们似乎更加微小。无论如何,他们当中,没有一张吸引人的面孔,也没有一丝衣服。他们显然是肮脏而低俗的人。

他们来到雷贝加的面前站住,沉默了一阵。然后卡坡帕跟他说话:"雷贝加,你认识我们——巫师卡坡帕和酋长波伯罗!"

雷贝加点了点头,问道:"你们来这里想要做什么?"

"我们是雷贝加的朋友。"卡坡帕继续说道。

"但你们两手空空,"雷贝加回答道,"我没看到给我的礼物。"

"如果你愿做我们要求的事,就会有礼物。"卡坡帕许诺道。

"你们想让雷贝加做什么?"

"波伯罗已经把他的白人妻子带到你这里来,"卡坡帕解释说,"让她平安无事地待在你的村庄,不要让任何外人看见她,也不要让人知道她在这里。"

"礼物是什么?"

"每个月圆日都提供一次饭菜、芭蕉、鱼等,足够你们全村人享受的盛宴。"波伯罗回答说。

"这些还不够,"雷贝加"哼"了一声,"我们不想有个白人妇女待在村里。我们自己的女人惹的麻烦已经够多的了。"

卡坡帕走近雷贝加,跟他急速地耳语。雷贝加的脸色变得更加阴沉,而且突然显得紧张和恐惧。也许巫师卡坡帕威胁他,如果不同意他们的要求,就会招致妖魔鬼怪的毒害。

最后雷贝加屈服了,他说:"马上送食物过来,现在我们的食物自己都不够吃,这个女人还会吃掉我们两个人的食物。"

"明天就把食物送过来,"波伯罗答应道,"我会亲自跟他们送过来,然后留下来过夜。现在已经晚了,夜幕降临后出门不好,到处都有豹人。我必须回到我的村庄去。"

"对的,"雷贝加同意道,"到处都有豹人。如果你带食物来,我会为你保留你的白人女子,要不然,我就把她送回你的村庄去。"

"不要那样做!"波伯罗喊道,"食物会给你送来的!"

凯丽看到波伯罗和卡坡帕离开后,感觉放松一点。在他们跟雷贝加的交谈中,谁也没跟她说过话,就像谁也不会提到一头被安排在牛栏的母牛一样。她回忆起美国黑人的怨言,他们没有得到白人的平等对待。现在情况正相反,她也没看到黑人比白人更宽容。显然这一切都取决于哪一方更强大,并且与仁慈或者天生的仁爱精神毫无关系。

波伯罗和卡坡帕消失在森林里时,雷贝加叫来一个妇女——一个对这次简短会谈感兴趣的观众。"沃拉拉,把白人女子带到你的小屋去,"他命令道,"千万别让她受到伤害,千万别让陌生人看见她。我说完了。"

"我拿什么喂她?"沃拉拉问道,"我男人在狩猎时被水牛撞死了,我连自己吃的食物都不够。"

"那就让她饿着,等波伯罗送来食物再给她吃。把她带走。"

沃拉拉抓住凯丽的手腕,领着她走到村庄尽头的一间简陋小屋。凯丽觉得这是全村最糟糕的小屋。门道堆着垃圾,肮脏的物品四散,她被领着走进去,发现里面没有窗户,漆黑一团。

其他几个妇女也跟着沃拉拉，此时这些人都挤进小屋围在她们后面。她们喊喊喳喳，兴奋不已，粗暴地拉她，想要看一看、摸一摸她的衣服和首饰。她能听懂一点他们的语言，因为她已经跟土著人在一起很久了，学到了很多单词，而且这个地区的侏儒使用的方言类似于加托·姆贡古村和波伯罗村的方言。一个妇女摸了摸她的身体，说她的肉很嫩，应该很好吃。其他人听了都笑了起来，露出尖锐的黄牙。

"如果波伯罗不给她带食物来，她就会太瘦。"沃拉拉说。

"如果他不送食物来，我们应该在她变瘦以前吃掉她，"另一人建议道，"我们的男人去打猎，但只能带回来很少一点肉。我们必须吃肉。"

凯丽一直精神紧张，这时已经筋疲力尽，而且封闭的小屋里的恶臭使她恶心，她躺下来想通过睡觉以便获得遗忘的平静。但是她们用棍子戳她，有几个甚至肆意残忍地殴打她。她们待在这间难闻的小屋直到要为男人们做晚饭的时间，她们走后，凯丽又躺下去，但被沃拉拉猛抽了一棍子。

"我干活时你不能睡觉，白女人，"她大喊道，"给我干活去！"说着把一根石杵塞进凯丽手里，并指了指小屋旁边的一块大石头，石头凿空的洞里有一些玉米。凯丽不能完全听懂沃拉拉的话，但能理解自己得去研磨玉米，她疲惫地开始干活儿。同时在小屋外面的沃拉拉点燃炉火开始做晚饭。晚饭做好后，沃拉拉狼吞虎咽地就吃了，一点都没给凯丽，然后又回到小屋里。

"我饿了，"凯丽说，"你难道不给我食物吗？"

沃拉拉一下大怒，尖叫起来："给你食物！我连自己的食物都不够。你是波伯罗的妻子，叫他给你带食物来！"

"我不是他的妻子，"凯丽回答，"我是他的囚徒。等我的朋友发现你怎么对待我,你们都会受到惩罚的。"

沃拉拉笑了起来,嘲讽地说:"你的朋友永远都不会知道的,谁也不会来贝泰特人的领地。我一生中,只看见另外两个白皮肤的人,我们吃了那两个人,也没有人来惩罚我们。所以我们吃了你以后,也不会有人会惩罚我们。为什么波伯罗不让你留在他自己的村庄?是不是他的女人生气了?她们把你赶出来?"

"我猜是这样。"凯丽回答。

"那么他永远都不会来带你回去。从波伯罗村到雷贝加村有很长一段路。波伯罗在自己村里有好多个妻妾,他很快就会厌倦你的,然后会把你送给我们。"沃拉拉舔了舔她的厚嘴唇。

凯丽沮丧地坐在石臼前,她已经很累,两手不禁垂了下来。"给我干活去,你这懒母猪!"沃拉拉叫起来,用手里随时准备好的棍子打她的头。尽管疲惫不堪,但凯丽只能挣扎着又干起单调的家务活儿。"你得把它磨细。"沃拉拉加了一句,然后出去跟村里的其他女人闲聊。

沃拉拉一走开,凯丽就停止干活,她太疲惫了,以致几乎连石杵都抬不起来了,而且她也非常饿。她惊恐地瞥一下小屋门口,发现周围没有人能看见她,她便迅速地捧起一捧生玉米面吃了下去。她不敢吃太多,以免被沃拉拉发现;但即使是那么一点,也比没吃的要好得多。然后,她在石臼里加了一些新鲜玉米,把它们磨成跟其他玉米面相同的样子。

沃拉拉回到小屋时,凯丽已在石臼旁睡着了。沃拉拉就踢她,直到把她踢醒。但这时,天已太黑,无法干活,而且妇人自己已躺下睡觉,凯丽终于可以不受干扰地睡觉了。

波伯罗第二天没有露面,第三天也没有露面,他也没有让人送食物来。侏儒村民都非常愤怒,他们一直在期待这场盛宴。也

小人们 | 141

许沃拉拉是最愤怒的,因为她是最饥饿的人;另外,她也开始怀疑凯丽偷吃了她的饭。虽然还不能肯定,但为安全起见,她一边无情地殴打凯丽,一边指责她偷窃。

突然,凯丽一下跳起来,抓住沃拉拉,从她手上夺下棍子,重重地抽了她几下,吓得沃拉拉惊慌地逃出小屋。从此以后,沃拉拉再也没有殴打凯丽,而且事实上,开始以几近尊重的态度来对待她。但是沃拉拉的声音会在村子里高声响起,诅咒可恨的外地人,诅咒波伯罗。

雷贝加的小屋前聚集着一群妇女和武士,他们都又愤怒又饥饿。"波伯罗没有送食物来!"一个人第一百次重复了大家说过的话,"既然我们这里有肉够大家吃,我们干吗要吃饭、吃芭蕉或者吃鱼?"说话者意味深长地朝沃拉拉的小屋戳了一下大拇指。

"如果我们伤害了他的白人妻子,波伯罗会带武士杀了我们。"另一个人警告说。

"卡坡帕会对我们施放咒语,我们许多人都会死。"

"他说第二天他就会带饭回来的。"

"现在已经三天了,他还没有回来。"

"现在白人女子的肉很好,"沃拉拉争辩说,"她一直在吃我的饭,但被我阻止了。我已经把食物从小屋里拿出来藏了起来。如果她没有食物吃,肉就不会像现在这样好吃了。我们把她吃了吧。"

"我怕卡坡帕和波伯罗。"雷贝加承认道。

"我们不用告诉他们我们吃了她呀。"沃拉拉敦促道。

"他们会猜到的。"雷贝加坚持说。

"我们可以告诉他们,豹人来把她带走了,"一个老鼠面孔的小武士建议道,"如果他们不相信,我们可以离开。无论如何,这里的狩猎并不好,我们应该到别的地方去狩猎。"

很久以来，雷贝加的恐惧抑制了他想吃人肉的天性。但是最终他告诉他们，如果波伯罗许诺的食物在天黑前还没有送到，他们就在当天晚上举行舞会和盛宴。

在沃拉拉的小屋里，凯丽听见大家欢呼赞同雷贝加，以为是波伯罗许诺的食物已经送到了。她希望他们会给她一点，因为她已经饿得虚弱。沃拉拉一进来，她就问是不是食物已经送到了。

沃拉拉笑着回答："波伯罗根本没有送食物来，不过我们今晚要吃东西，我们要吃我们都想吃的东西，但不会是饭菜，不是芭蕉，也不是鱼。"然后她走到凯丽身旁，摸一下她的身体，又轻轻捏了一下她的肉，说，"是的，我们会吃的。"

对凯丽来说，推论是不言而喻的。但是情感的奇妙变化幸运地夺走了她对这个念头的反感，虽然这个念头在短短几周前会使她惊恐万分而心神不宁。她没想到那可怕的后果，她只想到死亡，并且期待死亡。

波伯罗的食物没有送来。于是当天晚上，贝泰特人聚集在雷贝加小屋前的大院里。妇女们把锅拖到现场，生起火塘。男人们只跳了一会儿舞，因为他们长期靠少量的配给维生，精力不济。

最后，几个人到沃拉拉的小屋，把凯丽拖到欢宴现场，由谁来杀她引起一些争议。雷贝加显然害怕卡坡帕的愤怒，虽然他并不太在意波伯罗。波伯罗只能带领武士追踪他们而他们可以看见并杀死他的武士；但卡坡帕能待在自己的村庄，派遣妖魔鬼怪追踪他们。沃拉拉想起凯丽打过她一顿，自愿提出由她来执行这项工作。"捆好她的手脚，"她说，"我会杀了她的。"

凯丽明白劫难来临了。当武士准备捆她时，她交叉起双手以配合他们的工作。他们把她扔到地上，捆牢她的脚。然后她阖上双眼，默念着一个祈祷——为那些留在那遥远乡野的人们祷告，为杰瑞祷告。

小人们 | 143

Chapter 16
暗 示

泰山把索比托带到营地的那天晚上,尤腾伽人从在烧毁村寨前从加托·姆贡古村获得的战利品中拿出啤酒以示庆祝。庆祝活动进行到深夜,直到他们喝完最后一杯啤酒才停止,然后他们都酣然昏睡。甚至连哨兵都在哨岗打盹,因为装满食物的胃混合进大量的啤酒,令人产生难以抗拒的困倦。

尤腾伽武士们睡觉时,索比托并没有闲着。他使劲又拉又拽捆住手腕的绳子,并不担心自己剧烈的动作会引人注意。最后当他感觉到绳子逐渐松开时,他浑身老皮都渗出了汗水,起皱的额头挂满汗珠。他拼命地拉拽,累得气喘吁吁,然后慢慢地从绳套中一点一点地挣出一只手来,虽然一次只挣开一根头发宽,但最终手都挣脱出来了——他自由了!

索比托静静地躺了一会儿,恢复一下他为挣开绳索消耗的精力。他慢慢地巡视了一遍营地,没惊动任何人。寂静的黑夜里只有半醉的武士们沉重而持久的鼾声。索比托蜷起双脚,伸手解开脚上的绳结,然后慢慢站起来,半弯着腰,朝河边悄悄地溜过去。顷刻,黑暗便吞噬了索比托,而沉睡的营地依然在沉睡。

在河岸边,他发现了尤腾伽人从加托·姆贡古部队夺取的独木舟。他费尽力气把一条较小的独木舟推进河中,看到里面有一只桨,他很开心。他跳进去时,感觉它一下子滑进水流里。此时他感觉自己遇到一个意想不到的奇迹,从死亡的口中成功逃生。

他在躺着挣脱捆绳时有很多时间来为自己作打算:要是他返回到豹神庙,可能会不安全,这他完全明白;大河下游有他的老朋友波伯罗的村庄,因为偷走白人女祭司,波伯罗无疑跟他一样成为豹人眼中被诅咒的人。因此,他应该去波伯罗的村庄。至于以后他做什么,那只有听从众神的安排。

还有另一个独行船员沿着宽阔的河流向波伯罗村庄漂去,就是"老前辈",他也决意去拜访老朋友的村寨,但这并非一次友好的访问。事实上,如果"老前辈"的计划成功,波伯罗不会意识到有人来拜访过他,以免他会盛情款待以至于访客可能永远不能离开。引诱"老前辈"去冒这个风险的不是波伯罗,而是白人女子。他内心有某种比理性更强大的东西在说,他必须拯救她,而且他也知道一旦有任何援助可利用,肯定立即去营救她。至于如何去完成,他根本没有明晰的概念;所有这一切都必须取决于他的侦察与应变。

他轻轻划着桨,顺流往下漂,脑海里充满凯丽的各种形象。有第一次在她的营地见到她的样子:她衣服染满血迹,浑身污垢和汗水,尽管如此,她那白皙的脸庞仍十分迷人,那金色的卷发从额头和耳边披散下来,着实诱人,一直萦绕他心头。他又想到在豹神庙里她的样子,身穿瑰丽的野蛮服装,比以往任何时候都美丽。想到他会重新跟她讲话，跟她接触时，他已经激动不已。

同时，那个使他成为流浪汉和流放者的冷酷而自私的女孩被遗忘了。她在自己记忆屏幕上持续出现了两年，但现在已经消失了。再想到她时，他笑了，不再像以前那样诅咒她，而是感激她把自己送到这里，遇见并认识了凯丽这个令他充满美好梦想的人儿。

"老前辈"熟悉这段河流，他也知道波伯罗村庄的确切位置，知道在自己看到村庄前，天就会破晓。贸然赶到村庄无疑是自杀，因为现在波伯罗已明白自己知道他跟豹人的关系，一旦落入这个狡猾的老酋长手中，就难以保命。

太阳升起后，他顺流漂了一会儿，保持靠近左岸，在到达村庄前不远的地方，他掉转船头划到岸边。他不确定是否还会需要独木舟，但为万一起见，他把船拴在树枝上，然后爬上大树，躲进绿荫。

他打算穿过森林走到村庄，希望找到一个有利于窥探的位置，但他认为必须等到夜幕降临后才能冒险接近村庄。他的计划是等土著人都睡着的时候，爬过栅栏潜进村庄去搜寻女子。这是一个疯狂的计划——但在对这个女人不可自拔的迷恋的刺激下，他甚至会尝试更为疯狂的计划。

"老前辈"刚要离开树走向波伯罗村庄，这时河边出现的一条独木舟引起了他的注意。上游不远处的一个弯道上划来一条独木舟，里面坐着一个土著人。"老前辈"担心自己可能会引起孤独的桨手的注意，所以他保持一动不动。独木舟越来越近，直到跟他直接相对时，"老前辈"才认出了舟里的人——是救自己的巨人要求豹神交到他手中的那个祭司。

是的，正是索比托，但索比托是怎么来的？他来这里的目的又是什么？虽然"老前辈"并不清楚，但他确信，救他的那个奇怪白巨人并没有要求释放索比托。这真是一个谜，但破解的方案超出他的理解，他无法看出那跟自己的联系。索比托从下面的河流转了一个弯便消失了。

"老前辈"没再多想，小心翼翼地穿过丛林，终于进入波伯罗村。他爬上一棵远离小路的树，从那里可以俯瞰村庄而不被察觉。他确信女子就在村里，但此时他看不见她，也不感到惊讶，因为他知道她肯定被囚禁在酋长大院的一间小屋里。他所能做的只是等待黑夜降临——等待与希望。

从河对岸走两天的路就能到他自己的营地。他曾想过先去那里征求他伙伴的帮助，但他不敢冒险耽搁四天。他想知道"小伙"在做什么，但最近没有多少时间去思考这个问题，但希望"小伙"在寻找象牙方面比自己成功。

"老前辈"蹲守的那棵树在一个空地边缘。在他下面不远的地方，女人们正在用削尖的棒子锄地，她们像一群猴子一样喋喋不休。他看见几个武士出发去检查他们捕兽的陷阱和罗网。这是一个和平的田园生活景象。他已经认出大多数武士和一些女人，因为"老前辈"曾跟波伯罗村打过很长时间的交道。村民一直很友善，但此时的他不敢公开接近村庄，因为他知晓波伯罗与豹人的关系。因为自己知道得太多了，酋长不可能让他活着。

"老前辈"从前曾多次见过这个村庄，但现在似乎不大一样了。从前，这只是众多野蛮土著人居住的村庄中的一个；今天，由于自己心心念念的女子在这里，这个村庄便在他的眼里闪闪发光。想象就是这样改变着我们认知的色彩。如果"老前辈"知道那个他认为近在咫尺的女子其实在遥远的贝泰特侏儒中间，在沃拉拉的小屋，在一个残忍工头敌意的目光监督下，忍受着饥饿碾磨玉米，波伯罗村在他眼里就又会不同了！

波伯罗在村里遇到了自己的麻烦。索比托来了！酋长对豹神的祭司的遭遇一无所知，他不知道索比托在豹人眼中已声名狼藉，索比托也没打算让他知道。狡猾的老巫师还不确定自己有什么计划，但他不能回图姆拜村去，必须有个地方住。至少他是这么想的；而且他也需要，如果不是朋友，至少是盟友。他把波伯罗看作一个可能的盟友，他知道酋长偷走了白人女祭司，他希望这一点会对自己有利，但他对白人女子的遭遇一无所知。索比托相信她就在村里，迟早会见到她。自从他到达后，他们俩谈论了很多事情，但都没提及豹人和白人女子。索比托正在等待事情的转机，希冀能给他一个有利的暗示线索。

波伯罗惴惴不安，他原本计划今天把食物带给雷贝加，并拜访自己的白人妻子。索比托的到来打乱了他的计划，他试图想办法来摆脱这个不速之客，比如下毒。但是他在激起豹人仇恨的方面已经走得太远，并且他知道，他的村里有忠于豹人的氏族成员，所以他害怕在背叛豹神的罪行上又加上一条毒死祭司的新罪行。

这一天的时日缓缓延续，波伯罗还没发现为什么索比托来到他的村庄，索比托也没看见白人女子。"老前辈"仍然蹲守在树上俯瞰村庄，他又饿又渴，但不敢离开，以免错过观察村里可能发生的什么事情。一整天他都不时地看到波伯罗和索比托在谈话。他想知道他们是否在谈论女子的命运，他盼望黑夜快点到来，这样他就可以下去伸展一下腿，喝一口水。干渴比饥饿更让他难受，虽然他在考虑离开岗位去取水，但现在他不能这样做。在田里干活的女人离他的藏身之处很近，有两个就在悬垂的树枝下面，她们停下来到树荫下乘凉，叽里呱啦地讲个不停。

"老前辈"偷听到一些有关部落成员的私密轶事。他听说，要是某个女人不小心的话，她丈夫就会在一个尴尬的情况下抓住她；

某些符咒跟指甲屑混在一起时魅力会更大；另一个女人的小儿子的肚子里有一个魔鬼，他吃多时，就会令他非常疼痛。这些事情"老前辈"并不感兴趣，但是现在有一个女人问了一个引起他注意的问题。

"你认为波伯罗怎么安置了他的白人妻子？"

"他告诉阿布伽，已经把她送还给豹人，还说她是从豹人那里偷来的。"另一个回答。

"波伯罗有一条说谎的舌头，"第一个女人回答说，"它不知道真相。"

"我知道他对她做了什么，"另一个人插了一句，"我听到卡坡帕告诉他妻子的。"

"他说什么？"

"他说他们把她带到小人村去了。"

"他们会吃了她。"

"不，波伯罗已经答应每个月圆日提供食物给他们，如果他们为他收留她的话。"

"不管他们答应什么，我都不愿待在小人村。他们都是食人族，他们总是饥饿，都是大骗子。"然后女人们离开树荫，回地里干活了。

"老前辈"不再听她们谈话，因为他所听到的已经改变了他的全部计划。他不再对波伯罗村感兴趣，现在它又仅仅只是一个普通村寨。

Chapter 17

发怒的狮子

泰山离开尤腾伽营地时，挑选了一条豹人的独木舟，正如索比托几小时后要做的那样，然后划过宽阔的河流到达对面河岸。他的目的地是波伯罗村庄，他的使命是去质疑跟白人女子有关的那个酋长。他感到对她没有强烈的个人兴趣，而只是因为种族联系而关心她，毕竟这种关系不是很有约束力。她是一个白人女子，他是个白人，他有时会忘记这一事实，因为他首先是一个野兽，然后才是其他。

泰山一直忙活了好几个昼夜，感到很累，小内其马也很累。所以泰山从独木舟跳上岸时，便在一棵树的枝杈中找了一个舒适的地方，这样他们俩可以在那里躺上几个钟头。

泰山醒来时，太阳已高挂在天上。小内其马依偎着他，可能还会睡得更久。但是泰山抓住它的颈背，把它摇醒。"我饿了，"泰山说，"我们去找食物吃吧。"

"森林里吃的东西很多,"内其马回答说,"我们再睡一会儿吧。"

"我不想吃水果或果仁,"泰山说,"我想吃肉,你可以留在这里继续睡觉,但我要去打猎。"

"我要跟你一起去,"内其马说,"这片森林里,豹子的气味很浓。我害怕自己一个人单独待着。豹子也在打猎,它正在寻找小内其马。"

泰山的嘴唇浮现微笑,一种很少有人见到的笑容,"来吧,"他说,"泰山捕猎肉类时,内其马可以抢劫鸟巢。"

狩猎没有收获,虽然泰山在森林里走了很远,但他搜索的鼻子没有嗅到他喜欢的肉味。总是豹子的强烈气味,但泰山不喜欢食肉动物的肉。受极端饥饿的驱使,他不止一次吃过豹子和狮子,但他喜欢的是食草动物的肉。

他知道离河流越远狩猎越好,那里人比较少,他越走越深,进入原始森林,离河流已有几十英里远。这片莽原对泰山来说是陌生的,他不喜欢这里,因为猎物太少。心里这样想时,他突然嗅到羚羊的气味,虽然气味非常微弱,但能嗅到。泰山一下荡进风中,他的鼻孔里羚羊的气味就变得越来越浓,同时还混合着其他气味:斑马和狮子的气味,还有清新的草原气息。

泰山和小内其马继续往前荡跃,泰山肚子里的饥饿感就变得更强烈。他敏锐的鼻子告诉他,前方不止有一头羚羊,而是有许多。他正在接近的地方肯定是一个良好的狩猎场!然后森林到头了,呈现在他眼前是一片起伏的草原,点缀着树木,一直延伸到远处的群山。

泰山在森林边缘停了下来,眼前是青草茂盛的平原,一英里之外有一群羚羊在啃食青草,除羚羊之外,平原上还散布着斑马。一阵低沉的咆哮声从他胸膛深处隆隆地涌上来,这是捕猎野兽即将进食前预先发出的咆哮。

此外，那些深草里有狮子，但在如此丰富的狩猎场所，狮子肯定都吃得很饱，泰山知道，此时自己可以忽略它们。如果他不打扰它们，它们就不会打扰他，况且他并无意去打扰狮子。

隐藏在这片高草中悄悄地接近羚羊，对泰山来说并不是件难事。他不必看，他的鼻子也会引领他到羚羊的身边。首先，他仔细地观察了地形，包括每棵树的位置，以及露出草丛的岩石顶。他判断，狮子可能会躺在岩石的阴影中。他向内其马招招手，但内其马退缩了。

"狮子在那里，"它抱怨道，"跟它所有的兄弟姐妹在一起，在那里等着吃小内其马。我很害怕。"

"那么待在原地。我捕杀了猎物，就回来。"

"内其马害怕留下来。"

泰山摇了摇头，说："内其马是个胆小鬼，它高兴做什么就做什么吧。我要去捕杀猎物了。"

泰山绕开岩石，但即使那样，狮子的气味仍然非常强烈，让泰山几乎嗅不到羚羊的气味。然而，他并不感到害怕，因为他不知道何为恐惧。此时，他已经走到离猎物一半的距离，而猎物仍然在静静地啃草，对危险毫无觉察。

在他的左边，突然传来一头狮子愤怒的咳嗽声。泰山知道这是一种警告咆哮，可能是攻击的信号。但泰山并不想与狮子遭遇，只希望捕杀猎物然后离开，于是他赶快转移到右边，前面五十英尺处有一棵树。如果狮子攻击，那么可能有必要在那里暂时躲避，但他不相信狮子会攻击，因为狮子没有理由这么做。这时吹来一阵风，泰山嗅到了一股母狮的气味，让他意识到了危险。因为自己几乎撞上的是正在交配的狮子，交配中的狮子会不受任何挑衅就攻击任何动物的,这意味着泰山受到攻击几乎是不可避免的。

现在离树不过二十五英尺远了,忽然从泰山身后的草丛中传出一阵轰鸣声。泰山迅速回头一看,草丛在混乱地摆动,这表明狮子正向他冲过来!

在此之前他还没看到狮子,但此时眼前突然出现一个四围都是黑褐色鬃毛的硕大兽头。泰山很生气,又不得不逃跑。为谨慎起见,有尊严的撤退是一回事,卑怯的逃跑又是另一回事。很少有生物能像泰山移动得那样迅捷,所以他本可以在狮子之前跑完二十五英尺的距离到达大树,但他现在并不打算这样做。相反,他转过身来,面对那咆哮的绿眼睛妖怪,打开手臂,肌肉在古铜色的皮肤之下像钢水一样滚动,并随着他强壮的身体重量,以及浑身肌腱的强大力量再往前冲,然后一支沉重的尤腾伽战矛从他手中射了出去。直到那时,泰山才转身飞奔,但他没有逃向追捕自己的狮子的方向。因为他看到狮子后面,母狮正飞奔而来,而它身后,还有许多地方的草丛在摆动。

长矛暂时遏制了离他最近的一头狮子的攻击,在一瞬间拼写出生与死之间的差异,泰山一跃而上,上到之前看中的那棵树上,而狮子的利爪几乎要抓着他的脚跟了。

泰山转身俯视,在他的下方,一头巨狮在死亡的阵痛中抓住扎在心脏处的长矛。在第一头狮子后面,一头母狮和另外六头雄狮也进入泰山的视线。散布在远方平原上的羚羊和斑马都消失在远处,它们早被狮子的咆哮声吓得四处逃窜。

母狮爬上树干企图拽下泰山,它已经把一只前臂搭在一根低枝上,并在那里吊了一会儿,试图向上爬;但是它的后脚没有立足点支撑它的重量,不久又滑回地面。它嗅一下自己死去的同伴,然后围着树盘旋、咆哮。六头雄狮一边踱来踱去,一边咆哮,把

发怒的狮子 | 153

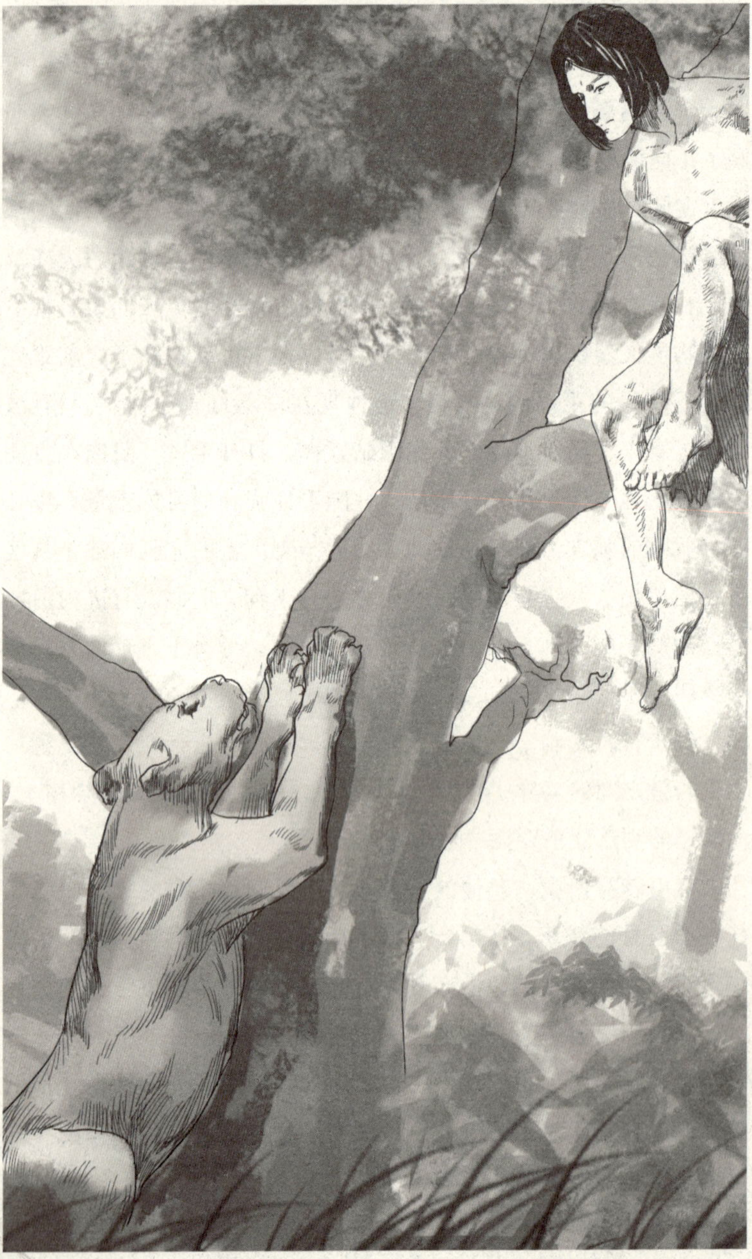

怒吼加进母狮的抗议。

而泰山从上方俯瞰，低吠的嘴唇发泄着自己的失望和不满。在半英里外的一棵树上，一只小猴子在尖叫，在责备。

母狮绕树盘旋了半个钟头，抬头看着泰山，它黄绿色的眼睛闪现出愤怒和仇恨的凶光，然后卧在倒地的伴侣身旁。六头雄狮蹲在各自的臀部上，时而望望母狮，时而望望泰山，时而彼此对望。

泰山悲伤地望着他的猎物逃回森林，他觉得现在比之前更加饥饿。即使狮子离开，自己能下来，他仍然跟早晨醒来一样根本没吃过饭。他从树上折断一些树枝，扔向母狮，试图把它赶走，知道无论它去哪里雄狮都会跟随；但它只是咆哮得更凶狠，守候在死狮身边。

就这样，直到夜晚来临，母狮仍然留守在它死去的伴侣旁边。泰山为把自己的弓箭留在森林自责不已，要是有弓箭，他可以射死母狮和雄狮，然后逃走。没有弓箭，他什么都做不了，只能朝它们身上徒劳无益地投掷枝条并等待。他不知道自己还要等多久，而母狮只有饿得受不了，才会离开；但那是什么时候？看它肚子的大小和呼吸的气味，泰山便知道它最近吃过而且吃得很好。

泰山很早就已习惯听从命运的安排。他发现朝母狮投掷东西并不能把它赶走，就停了下来。跟别人不一样，他不会为发泄自己的不满而去惹恼它。相反，他蜷缩在树杈上，睡着了。

在平原边缘的森林中，一只恐惧的小猴子将自己蜷成能实现并忍受的最小的球团。如果太大或太吵，它担心自己可能会过早引起豹子的注意。豹子最终会来吃掉它，它确信。但为什么要加快这个邪恶的时刻？

当太阳升起，内其马发现自己还活着时，它很惊讶，并觉得难以置信。豹子可能在黑暗中忽略了自己,但在白天肯定会看见它；

发怒的狮子 | 155

然而，当它意识到自己可能更早就遇到过了豹子，并且已经逃脱时，这让它感到一些安慰。看着冉冉升起的太阳，它的精神随之高涨，但它仍然高兴不起来，因为泰山还没有回来。在平原上，它看见泰山在树上，奇怪他为什么不下来返回到自己身边。然后它也看到了狮子，但没有想到是它们阻止了泰山的回归。它无法想象会有任何生物或任何数量的生物，是它强大的主人所无法克服的。

另一边，母狮没有任何要离开的表示，几头雄狮趁夜间出发去捕猎，有一头在附近捕杀了猎物，泰山希望母狮会被吸引过去。尽管泰山鼻孔中死去的猎物气味很强烈，但母狮并没被引诱过去。

到中午了。泰山饥肠辘辘，口干舌燥，他忍不住把树枝砍成一根棒子，试图为自由打出一条路去，但他完全明白结果会是什么。即使是他——人猿泰山，也不能指望在那些狮子的猛烈攻击下幸存。只要他一爬下树来，如果母狮进攻他，所有狮子肯定会立即发动攻击。只要他一接近它死去的伴侣，母狮就攻击他，这已成为一个定局。除了等待，别无他法。最终它还是会离开的，因为它不能永远待在那里。

果然，中午过后不久，母狮便起身向雄狮捕杀的猎物悄悄走去，消失在高高的草丛中，其他雄狮也紧紧跟随。幸运的是，狮子杀死的猎物远离泰山躲避的树，也远离森林。他没有等最后一头雄狮在摆动的草丛中消失，就从树上跳下来，从狮子尸体上取回矛，然后朝着森林快步走去。他敏锐的耳朵能捕捉到各种声音，就连狮子也不能悄悄接近他而不被发觉。事实上，也没有狮子跟踪他。

见到泰山，内其马欣喜若狂。泰山没花多少时间就找到了水解渴，但是现在去捕杀猎物填饱肚皮已经太晚了。然后他想起了自己这次出行的目的——应该去波伯罗村进行侦察。

他已经来到远离大河的内陆，狩猎已把他带到山谷下面的一个地方,他猜大概是在要找的那个女子所在的村庄对面。他遇见一群由祖索率领的巨猿,他曾怀念过它们,他停下来跟它们谈了一会儿。但是巨猿和在它们中间长大的泰山都不健谈,因此不久他们就分开了。泰山继续去执行任务,现在,他从树上直接朝河边荡跃过去,在那里他可以找到地标来确定自己的位置。

天已经黑了,内其马紧紧地抓住主人的背部,手臂搂着泰山古铜色的脖子。白天,它跟泰山一起荡跃穿越树林;但到夜晚,它紧紧地抱住他,因为夜晚,莽林里猛兽四处出没,它们都在寻找小内其马。

泰山鼻孔里人类气息越来越强烈,于是他知道自己正在接近黑人的一个村庄。他确信这个村子可能不是波伯罗的村庄,因为那离河很远。此外,飘进他的鼻孔里的气息散发着异味,因此表明居住在那里的人跟波伯罗的部落不同。黑人的出现足以使泰山展开调查,因为丛林之王的职责就是知晓他广阔领域中的一切事物;但是从村庄散发出各种各样的臭味,本来足以使他转离直道返回大河。但其中还有一种香味,发出最微弱的暗示,于是泰山辨别出,那气味是在告诉他,自己正寻找的那个女子就近在咫尺。

他悄悄地走近村庄,爬上一棵大树,从伸开的枝干上俯瞰酋长雷贝加小屋前的院子。

发怒的狮子 | 157

Chapter 18

夜里射出的箭镞

"小伙"搜索大象一整天,也不见大象踪影,只得返回营地,他希望"老前辈"能成功。起初他认为对方迟迟不归表明了这一点,但随着日子一天天过去而他的朋友一直未归,他变得焦虑起来。他的处境也不乐观,因为他的三个随从的信心和忠诚都十分动摇。在最近令人失望而倒霉的数月中,只有对两个白人的真正依恋才使他们继续跟随,他不知道还能留住他们多久。他也无法想象如果被他们抛弃,自己会怎么办。但是,他首要关心的不是自己,而是他的朋友。

幸运的是,他能够保持为营地供应新鲜肉,因此,土著人有理由感到满意;但是他知道他们渴望返回自己的村庄,因为他们看不到跟这两个穷白人会带来什么赚钱的机会。

一天傍晚,"小伙"捕获猎物后返回来,满脑都是这样的忧虑。不料,他的遐想却被人们的喊声打断。他抬头一望,看到两个陪同"老前辈"的随从正走进营地。他跳起来,走过去迎接他们,期待看到他们后面紧跟着他的朋友和第三个随从;但是等他走近并看到他们脸上的表情时,他意识到有什么不对劲。

"你们的主人和安德瑞亚在哪里?"他问道。

"他们都死了。"一个回来的土著人回答道。

"死了?""小伙"叫起来。对他而言,似乎天一下子塌了。"老前辈"死了!这是不可想象的。直到此时,他才意识到他是多么依靠"老前辈"的指导和支持,以及这种友谊在多大程度上已经成为他的一部分。"怎么回事?"他阴沉地问道,"是因为大象吗?"

"豹人,主人。"土著人解释道。

"豹人?告诉我那是怎么发生的。"

两个随从周详而啰唆地讲述了他们所有知道的一切。他们终于讲完后,"小伙"隐约看到了一线希望。他们其实并没有看见"老前辈"被杀死,他可能仍然是加托·姆贡古村的囚犯。

"他说,如果早晨森林的阴影离开栅栏的时候,他还没有回到我们身边,他应该已经死了。"土著人坚持说。

"小伙"在心里盘算着:五个不满意的土著人和他自己——六个人前往豹人的要塞。这些人中有五个人如此敬畏豹人,他知道他们是不愿意去的。他突然向等待的土著人抬起眼睛,厉声地说道:"明天太阳升起时,准备好行军!"

土著人犹豫了一会儿。"我们行军到哪里?"一个人怀疑地问。

"到我领你们去的地方。"他马上回答道,然后他回到帐篷里,脑海里都是未来的计划和两个随从讲述的悲惨故事。

他想知道这个女子是谁,"老前辈"干吗要追求一个白人女子?难道他疯了,还是他忘记了自己仇恨所有白人妇女?当然,"小伙"也反思,他的朋友别无选择。这个女子已经身处危险之中,那当然足以促使"老前辈"做出营救她的决定。但他最初是如何跟她认识的？在这一点上，"老前辈"的两个随从显然并不清楚。"小伙"看见他们正在跟同伴交谈，都显得很兴奋。不久，他们穿过营地朝他的帐篷走来。

"现在又怎么了？""小伙"问道，他们在他面前停下来。

"如果你要去豹人村，主人，"说话人声明道，"我们不会跟你去。我们人少，他们会杀了我们，吃掉我们的。"

"废话！""小伙"喊起来，"他们不会那样做，他们不敢！"

"老主人也是这么说的，"土著人回答，"但他没有回到我们身边，他已经死了。"

"我不相信他已经死了，""小伙"反驳道，"我们要去查明真相。"

"你去吧，我们不去。"那人回答说。

"小伙"看出自己不能让他们改变决定，前景看起来很暗淡。但即便只有一人，他仍决心动身前往。不过，如果没有他们，他又能做些什么？他突然想到了一个主意。

"你们可以跟我走一段路吗？"他问。

"多远？"

"到波伯罗村，我可以从他那里得到帮助。"

土著人低声地互相争论了一会儿，然后代表他们交谈的那个人又转向"小伙"，"我们会走到波伯罗村。"他说。

"但不会更远。"另一个人补充说。

"老前辈"一直等到在地里锄草的女人走开，并离他藏身的那棵树有一段距离，才小心翼翼地滑落到地上。他从未去过小人村，但经常听波伯罗村的土著们说起，并且大致了解侏儒人村落的方向。但在这片森林里有很多条小路，很容易走错路。

他对贝泰特人有一定了解，知道他可能难以进入他们的村庄。他们是一个野蛮好战的侏儒种族，而且以属于食人族而出名。通往他们村庄的小路都有很好的警备，头一个潜在的危险可能是被毒矛刺中。然而，尽管他知道这些都是真实的，但他并没有产生因为这些而放弃寻找女子的想法。他毫不犹豫地做出了决定，而她在那里的事实更让他义无反顾。

黑夜很快将他吞没，"老前辈"因为看不清路，才不得不停下来。天刚破晓，他就又上路了。森林茂密而阴郁，他看不见太阳，他担心自己走错了路而感到困扰。中午时分，他突然停下来，大受挫折。因为他已在前面的小路上认出了自己的脚印，自己不过绕了一个大圈。

他完全迷路了，不知道该朝哪个方向走，便盲目地沿一条狭窄曲折的小路大步走起来。这条小路横跨过他发现错误时所走的路线。这条小路何去何从，或者通往哪个方向，他全都不知道，甚至不知道是通往大河还是远方的内陆，但他必须继续前进。

现在，他仔细观察每一条与他走的小路相交或者分岔的小路。这些小道有几条被踩踏得较多，地面潮湿，他眼前有明显的动物足迹，但这些没有为他提供什么有用的线索。直到天快黑之前，在他仔细审查一条相交的小路后，才发现了侏儒的小脚印。"老前辈"十分欣喜，这是他在漫长而沉闷的一天中第一次体验到愉快的感觉。他变得讨厌森林，没有阳光的黑暗森林让他十分压抑。他不禁把森林想象成一个强大而冷酷的敌人，不仅要阻挠他的计划，而且要引诱他去死。他渴望击败它——以表明自己更狡猾，即使没有它强大。

他赶忙走上新的小路，在还没弄清小路是否通往目的地之前，黑暗就吞没了他。但是现在他没有像昨天晚上那样停下来，前面的黑暗中有什么似乎在呼唤他，让他有点疯狂。是女人的声音吗？如果他能确定，就会感觉更好，但他只是一边在黑暗中摸索前进，一边专心地听着。

此时他专注聆听的耳朵听到了一个声音。那不是一个女人呼唤他的声音，但仍然是人的声音。一个被蒙住而模糊的声音从前面那漆黑的虚空中传过来。他的心跳加快了一点，也走得更加谨慎。

他最后到达一个村庄时，只看见栅栏后面的火光在茂盛的树叶和茅草屋顶上摇晃，除此之外，他什么都看不到，但他知道这就是小人村，那个栅栏后面有他在寻找的女子。他想大声喊叫，说些鼓励她的话；他想让她知道自己就在她附近，来救她了，但他什么也没喊，也不能喊。

他小心翼翼地爬过去，靠近，并没有发现哨兵。夜间，黑暗森林里的小人们不需要哨兵，因为很少有人敢冒夜间莽林的危险，森林在夜间就是他们的天然屏障。

插在地上形成栅栏的柱子被藤蔓松散地缠绕在一起，木柱之间有空隙，由此他瞥见了火光。"老前辈"小心翼翼地向前移动，来到大门旁的栅栏，从一个小孔窥视雷贝加村。他所看到的并不多有趣：一群当地人聚集在他认为是酋长小屋的中央小屋前，他们似乎在争论什么事情，一些男人正在跳舞。那些跳起来的男人的头越过遮挡住"老前辈"视野的围观者，映入他的眼帘。

"老前辈"对小人们做的事情不感兴趣，至少他认为自己没兴趣，他只对那个女子感兴趣。他搜查村子寻找她，虽然并没有看到她，但不感到意外。毫无疑问，她应该被关押在某个小屋里。如果他知道了真相，他会对这群侏儒的活动更感兴趣，其中一些人的身体挡住了他的视线，遮住了在人群中央被捆住的女子。

"老前辈"检查了大门，发现是用绳子粗糙地固定的。他从马裤的口袋里拿出之前被豹人忽略的小刀,开始切割绳子,庆幸自己遇到村民们在参与酋长小屋前的活动,所以他可以完成他的工作而不必担心被人发现。

他计划先准备一条出入村子的路线。等当地人回到他们的小屋过夜,他可以进去寻找女子;而当他找到她时,他可以返回。由于某种不可思议的原因,他精神高昂,非常自信,他甚至已期待与女子重聚。然后当他与那些围观者之间出现一道缝隙,通过那道缝隙,他看到了一个景象,不禁不寒而栗。

正是那女子,手脚被捆住,还有一个面目狰狞的恶魔女人挥舞着大刀。"老前辈"惊恐地盯着这可怕的画面,又看到恶魔女人抓住了女子的头发,迫使她的脸仰起来,刀子在准备盛宴的烹饪火光的照射下闪闪发光。而"老前辈"除一把小刀外,并无任何武器,他突然冲进大门,向即将发生谋杀的现场奔跑过去。

他大声发出抗议,但在惊恐的侏儒们听来,就像是土著人袭击时发出的战斗呐喊。同时一支箭从后面射穿了沃拉拉的身体,刺透了她的心脏。此刻,"老前辈"的眼睛盯着刽子手,他看到了箭镞,许多侏儒也都看见了。但是像他们一样,他不知道它是从哪里射来的——不知道是来自朋友还是来自敌人。

小人们一时全都目瞪口呆。但"老前辈"知道,当他们发现只有一个赤手空拳的人需要对付时,他们就会立刻行动;那一刻,他那机智的大脑闪现出一个孤注一掷的希望。

他半转身,朝敞开的大门喊道:"包围村庄!不要让任何人逃跑,但不要杀人,除非他们杀了我!"他用波伯罗部落的语言,对村民说,"站到一边去,让我带走白人女子,你们就不会受到伤害。"但他并没有等待侏儒们的回应。

"老前辈"跳到女子身边,把她抱在怀里。然后雷贝加似乎从惊愕中苏醒过来，因为他只看到一个人。也许村外有其他人，但是难道他没有其他能战斗的武士吗？"杀死白人！"雷贝加大喊一声，跳了起来。

第二支箭镞穿过雷贝加的身体，他倒地时，有另外三支箭镞迅速地连续射来，射倒三个跳过来执行命令的武士。一瞬间，其余侏儒都惊恐万分，纷纷逃向他们各自的小屋去躲避。

"老前辈"把女子甩在肩上，奔向开着的大门，然后消失在森林里。他听到身后有破裂和碰撞的声音，但他不知道发生了什么，也不想去弄清楚。

Chapter 19

"妖魔来了！"

当泰山俯瞰酋长雷贝加村里的大院时，眼前的景象让他感到惊讶。他看见一个被捆住的白人女子，还有炊锅和火塘，便猜到即将会有什么事发生。但是自己不是要去波伯罗村，去寻找被监禁在那里的白人女子吗？在同一地区怎么会有两个白人女子被当地人俘虏？这几乎不可能。因此，他认为这个女子一定是他以为还在波伯罗村的白人女子，但她是怎么到这里来的？

这个问题不重要，重要的是她现在在这里，而且他必须马上救她。他跳到地上，爬过栅栏，从村尾潜进村庄，一直隐蔽在小屋的阴影中；小内其马留在泰山离开的树上，它的勇气只能把它带到那里。

侏儒们为他们的村庄清理空间时，在围场内留下了几棵树，为他们提供阴凉，其中一棵树长在雷贝加的小屋前。泰山走到这棵树，躲在树干后，不让聚集在火堆四周的当地人看见。当他荡进树枝时，正好看到沃拉拉抓住女子的头发，举起她的刀去割白人女子的喉咙。

没有时间考虑，泰山的肌肉似乎自动回应必要的刺激。在一瞬间，泰山开弓上箭，射出箭镞。同时他听到大门口有噪声，看到有一个白人男子向前奔跑，并大声喊叫。即使泰山没有认出他，也会本能地知道他到这里只为一个目的——营救那个女子。当泰山听到雷贝加的命令，知道白人面临的危险时，他射出另外的箭，射倒那些对他威胁最大的人，并在短时间内把其余侏儒都吓跑，必须这样才能把俘虏转移到村外。

泰山并没打算现身，他已经完成他要来做的事，并准备离开。但当他转身从树上下来时，他站立的树枝突然从树干上断裂，带着泰山砸到下面的地面。

泰山摔下来一时休克了，等他恢复了意识，发现身上压满了侏儒武士，他们刚刚捆牢他的胳膊和双腿。他不知道他们完成了对他的捆绑，也不知道他们是怎么完成的。泰山猛然鼓足力气使劲去挣身上的捆绑，那股力量把侏儒们震得四散开来；但绳索依然纹丝不动，泰山意识到自己成了俘虏，一个隐藏在大河流域的残酷无情的部族的俘虏。

贝泰特人仍然紧张与恐惧，他们重新固定了"老前辈"割开的大门，一队武士守卫着这个入口以及村庄另一头的入口。涂上毒药的长矛和箭镞随时准备迎接任何可能接近的敌人，整个村庄处于紧张状态，接近恐慌。他们的酋长死了，他们想要吃掉的白人女子已经不在了；一个白人巨人从天而降到他们村庄，成了囚犯。所有这些事情都发生在几秒钟内。难怪他们这么紧张。

至于新俘虏，他们意见分歧。有人认为他应该被立即杀掉，以免逃跑。其他人对他进入村庄的神秘方式印象深刻，倾向于等待，

"妖魔来了！" | 167

因为他们不知道他的来历而感到害怕,他很可能来自超自然界。

最后,可能有来自大门外的敌人袭击的危险终于使泰山获得缓刑。原因很简单,他们不敢分散注意力,更不敢因暴食狂欢而耽于保卫村庄。他们的头领们争辩说,明天晚上的答案会更好。所以二十个人半抬半拖地把泰山巨大的身体搬进一个空置的小屋,留下两个人在门外看守。

内其马荡跃到一棵树最高的枝上,在悲伤和恐惧中蜷成一团,主要是恐惧;因为在许多方面,它跟我们其他人一样,都是一个共同祖先的后代。它自己的烦恼比他人的烦恼对它影响更大,尽管那个人是它们的亲人。

这个世界对小内其马来说确实是一个残酷的世界,它总是刚摆脱一个麻烦,不久又陷入另一个麻烦,尽管那些麻烦往往是它自己造成的。然而,这一次,除了在这个陌生的森林中受到惊吓,它一直表现完美。一整天都没有侮辱过一个生物,也没有拿石头打过谁;然而在这里,它独自一人待在黑暗中,鼻孔里是豹子强烈的气味,而泰山则是小黑人手中的囚犯。

它希望穆维罗和另一个瓦滋尔在这里,或者杰达·保·贾,他们任何一个都能成功营救出泰山,但它们都离得很远,那么遥远以致内其马早已放弃再见到它们的希望。它想进入小黑人的村庄,那么可能会接近主人,但它不敢。它只能蹲在树上等待豹子或太阳。如果豹子先出现的话,那很可能将是小内其马的末日。但或许是太阳先到达,在这种情况下,在可怕的黑夜再次降临一个可悲的世界之前,它还会有另一个相对安全的日子。

它正在揣摩这些悲哀的预言时,下面的村庄传来一种奇怪呼唤的怪诞音符。村里的土著人又惊讶又害怕,因为他们只能大概猜测那是什么。他们一生中也只偶尔听到过它,从黑暗的莽林深处传来，听起来既神秘又令人敬畏；但他们从来没有这么近地听到过，呼唤声几乎就在村里。他们还来不及多想，就已发现那个可怕的呼唤原来是从他们自己的一个小屋里发出的。

那两个留下来看守巨人俘虏的武士向其他人通报了这件事，这让他们目瞪口呆、气喘吁吁地逃离岗位。"我们抓到的不是人！"一个叫道，"而是一个妖魔，他已经变成了一只巨猿！难道你们没有听见吗？"

其他土著人也同样害怕，他们现在没有酋长，没有人下达命令，没有在这种紧急情况下可以寻求建议和保护的人。"你们看见他了吗？"一个土著人问，"他长什么样子？"

"我们没有看到他，但我们听到了。"

"如果你没有看到他，你怎么知道他已经变成了一只巨猿？"

"难道我没说我听到他叫吗？"一个哨兵问道，"狮子吼叫时，你是不是必须到森林里看见它，才能知道它是狮子？"

怀疑者挠了挠头，这是无可辩驳的逻辑。但是，他觉得他必须说得占理。"如果你看见了，你就肯定知道，"他说，"如果是我站岗，我应该看一看小屋里面，我不会像一个老妇人一样跑开。"

"那么，去看一看吧！"哨兵叫道，怀疑者不再作声了。

内其马听到了小人村里的奇怪叫声，让它兴奋不已，但没有吓倒它。它专心地听，但没有声音打破大森林的沉默。它变得躁动不安，也想提高自己的声音，但它不敢，因为豹子会听到，所以它更不敢呜咽。它很想去主人身边，但恐惧比爱更强烈，它能做的只是等待和颤抖。

五分钟过去了——在这五分钟内，贝泰特人谈得最多，思考得最少。然而，他们中只有几个人几乎成功地把勇气鼓足到敢去调查监禁俘虏的小屋，这时，那奇怪的呼唤再次打破了黑夜的寂静，

"妖魔来了！" | 169

因此大家一致同意推迟调查。

此时，远远地传来一阵狮子的咆哮。过了一会儿，从昏暗的远方传来一阵怪异的呼唤，似乎是在回应从小屋发出的呼唤。然后，寂静再次降临森林，但没过多久时间，雷贝加的妻妾和被杀武士的妻子们开始了哀悼，她们呻吟、嚎叫，并用灰烬涂抹自己。

一个钟头过去了，在这段时间，武士们召开了一次会议，选出了一个临时酋长，这是被称为勇敢武士的尼拉尔瓦。现在这些小人们感觉好多了，又有了重新振作的气氛。尼拉尔瓦察觉到这一点，并意识到他应该趁热打铁。他也觉得，作为酋长，他应该做一件重要的事情。

"我们去杀了白人吧，"他说，"他死了，我们就会更安全。"

"我们的肚子会更饱，"一个武士说，"我的肚子现在很瘪。"

"但是如果他不是一个人而是一个妖魔，那怎么办？"另一个问道。

这引发了一场持续一个小时的争论，但最终决定他们中的一些人应该去小屋杀死囚犯，然后，决定谁应该去花费了更多时间。在此期间，小内其马逐渐增强了勇气。它一直在观察村庄，看到没有人走近监禁泰山的小屋，而且村庄那一边没有土著人，他们全都聚集在雷贝加小屋前的空地上。

内其马战战兢兢地从树上爬下来，跑到栅栏，从村尾的栅栏爬进去。那里没有小人，那些守卫后门的人在听到泰山第一次呼唤就逃跑了。它花了一些时间才来到泰山躺着的小屋，在门口停下来，窥视黑暗的屋内，但什么都看不到，不禁又害怕起来。

"我是小内其马，"它说，"豹子在森林里等着我，但我不怕。我想过来帮助泰山。"

黑暗掩盖了泰山嘴唇浮现的微笑，他了解他的内其马——知道,如果豹子在离它一英里之内,它根本不会离开豹子无法追捕它的安全之所。但他只是说:"内其马非常勇敢。"

小猴进入小屋,跳到泰山宽阔的胸膛上,宣布道:"我来啃咬捆住你的绳索。"

"你做不到,"泰山回答说,"要不然,我早就叫你了。"

"为什么我做不到?"内其马问道,"我的牙齿非常尖锐。"

"小人们用绳子捆住我后,"泰山解释说,"他们又用铜线缠在我的手腕和脚踝上,内其马啃不断铜线。"

"我可以啃断绳子,"内其马坚持说,"然后我可以用手指把铜线取下来。"

"你可以试试,"泰山回答,"但我认为你做不到。"

尼拉尔瓦最终成功地找到了五个武士,他们会陪他去小屋杀死那个囚犯。他想提议让别人去执行这项计划,但他发现,作为永久酋长的候选人,有必要自愿去带领这个小队。

他们慢慢地走向小屋时,泰山抬起头来。"他们来了!"他低声对内其马说,"出去迎接巨猿。赶快!"

内其马小心翼翼地穿过门道,首先看到六个武士悄悄地朝它走来。"他们来了!"它向泰山尖声喊,"小黑人来了!"然后,它猝然逃走了。

贝泰特人看到它,大吃一惊,都非常恐惧。"这个妖魔已经变成一只小猴子逃走了!"一个武士叫道。

尼拉尔瓦希望如此,所以无论如何,他都抓住了这个建议。"那么我们可以回去了,"他说,"如果他走了,我们杀不了他了。"

"我们应该到小屋里看看。"一个武士劝道,他曾希望自己成为酋长,此时他乐于显示自己比尼拉尔瓦更勇敢。

"我们可以在清晨天亮时再来看,"尼拉尔瓦争辩说,"现在很黑，我们什么也看不见。"

"我去取个火把，"武士说，"如果尼拉尔瓦害怕，我会进小屋去。我不害怕。"

"我不害怕！"尼拉尔瓦喊道，"我什么光都不要就敢进去！"但他没有再多说，只是感到后悔，为什么自己总是先说后想？

"那你为什么还站着不动？你不能站着就进小屋呀。"

"我没站着不动。"尼拉尔瓦一边反驳一边慢慢地向前挪动。

他们争论时，内其马爬过了栅栏，逃入黑暗的森林里了。它非常害怕，但是当它到达远离地面的小树枝时，感觉好多了。然而，它没有在那里停留，而是在黑暗中继续荡跃前进，因为小内其马心里有一个明确的目的，甚至让它对豹子的恐惧也被执行使命的激动所淹没。

尼拉尔瓦爬到小屋门口，窥视里面，他什么都看不见，只好一边用矛刺着一边走进去。五个武士挤在他身后的门道。突然，尼拉尔瓦惊恐的耳朵里响起了同样让他们先前惊恐万分的怪诞哭声。尼拉尔瓦转回身，要奔到外面的露天去，但是五个人挡住了他的路。他跟他们相撞，并试图拉开他们冲出去。他非常害怕，但有个问题，是他还是那五个人更害怕？他们并没有故意阻挡他的路，只是因为他们移动得没有他那么快。现在，他们都滚到外面的地上，慌忙站起来，奔向村子的另一头。

"他还在那里，"尼拉尔瓦喘过气来后宣布，"那是我走进小屋看到的，我已经做了我说我会做的事。"

想当酋长的武士说道："你为什么不杀他呢？你和他在里面，你有矛，而他被捆着。如果你让我进去，我就会杀了他。"

"那么进去杀他吧！"尼拉尔瓦懊恼地吼起来。

"我有更好的办法。"另一个武士说。

"是什么？"尼拉尔瓦问，随时准备抓住任何建议。

"我们一起去包围小屋，然后，你一下命令，我们就投出矛刺穿墙壁，这样我们一定会杀死那个白人。"

"这正是我要说的，"尼拉尔瓦说，"我们都去！跟我走！"

小人们又偷偷地走向小屋，他们的人数给了他们勇气，包围了小屋后，涂着毒药的长矛已握好在手，只等尼拉尔瓦发信号。泰山命悬一线，不料，栅栏外忽然传来一串愤怒的吼叫制止了尼拉尔瓦即将发出的命令。

"那是什么？"尼拉尔瓦叫起来。

小人们向栅栏瞥了一眼，看到一些黑色身影爬在栅栏上。"妖魔来了！"一个人尖叫。

"是森林里的毛人！"另一个人喊道。

巨大的黑色身影爬过栅栏，纷纷跳进村庄。贝泰特人一边撤退，一边投掷长矛。一只小猴子蹲在一间小屋的顶上，喋喋不休地尖叫："这条路！走这条路，祖索！在这里，泰山就在这个巢里！"

一个宽肩、长臂、粗壮的巨大身影朝小屋蹒跚走去，它的身后还跟着六头巨兽。贝泰特人全都撤退到雷贝加小屋的前面。

"这里！"泰山喊道，"泰山在这里，祖索！"

巨猿祖索弯下腰，看了看小屋黑暗的里面，但它身体太大，进不去那个小门口，便双手抓住小屋的门柱，扔到背后。小内其马尖叫着跳到相邻小屋的顶上。

"把我搬到森林里去。"泰山指挥说。

祖索抱起泰山，把他带到栅栏那里。侏儒们都挤在雷贝加的小屋后面，不知道他们村的另一头发生了什么。其他巨猿随之而来，愤怒地咆哮着，它们不喜欢人类的气味。它们希望离开，片刻之后，丛林浓郁的阴影又吞没了它们。

Chapter 20

"我恨你！"

"老前辈"扛着凯丽走出贝泰特村，进入森林，一路上，他浑身的肌肉都因接触到她柔软温暖的身体而颤抖，最后他把她抱在了怀里。在欢愉的狂喜中，他暂时忘却了他们的危险处境。他找到了她！他救了她！即使在激动的时刻，他也能感受到从未有女人在他心里激起如此强烈的情感浪潮。

她没有说话，也没有哭出来。事实上，她并不知道自己现在落入谁的手中。她对获救的反应绝不是幸福感，因为她觉得自己被从慈悲的死亡手中抢走，去面对一种新生的恐怖。最合理的解释是，波伯罗已及时赶来把她从侏儒们的手中抢走，而她宁愿选择死亡也不愿选择波伯罗。

在离村不远的地方，"老前辈"把她放在地上，开始割掉她的绑绳。他没有说话，也不敢放开声音说话，心就在他喉咙里跳动，声音如此之大。他割断了最后一根绳索，然后帮她站起来。他想把她抱在怀里,紧贴在他身上,但是某种东西制止了他。他突然感到有点怕她,然后他找到了自己的声音。

"感谢上帝,我赶到了!"他说。

凯丽发出一声惊奇的欢叫:"你是个白人!你是谁?"

"你以为我是谁?"

"波伯罗。"

他笑了起来,解释道:"我是你不喜欢的人,让我们忘掉这一切,重新开始吧。"

"对,当然,"她同意道,"但是为了救我,你一定走过很长的路,经历很多危险。你为什么这样做?"

"因为我——"他犹豫了,"因为我不能看着一个白人女子落入这些魔鬼手中。"

"我们现在要做什么?我们可以去哪里?"

"我们在明天早上之前什么都做不了,"他回答,"我想离那个村子稍远一些,但必须休息到早上,然后,我们要回到我的营地。要走两天的路,就在河对岸——如果我能找到河的话。今天我去找雷贝加的村庄,迷路了。"

他们在黑暗中缓慢地前进。他知道他们出发的方向是正确的,因为当走到村庄的空地时,他注意到天上的星座,但他不知道在漆黑的夜间森林自己能保持多久正确的路线,因为在森林里根本看不见星星隐藏在什么地方。

"波伯罗把我从那条可怕河流上的小船上拖走后,你遇到了什么事?"凯丽问"老前辈"。

"他们把我带回寺庙去。"

凯丽颤抖了一下:"那个可怕的地方!"

"他们准备拿我去——去准备他们的一个盛宴,"他继续说道,

"我恨你!" | 175

"我想我永远不会再那么接近死亡,女祭司们正要拿大棒把我打成肉酱。"

"你是怎么逃走的?"

"那简直就是一个奇迹,"他回答,"即使现在我也解释不清。一个声音从寺庙的椽子间传来,声称他是某个土著人的木子莫。木子莫,你知道,是一种鬼魂;我想他们认为都有一个看护自己的木子莫。然后我看见一个白人从一根柱子上闪着光溜下来,从祭司和女祭司的眼皮底子下把我抓出去,送我到河边,把他准备在那里的一条独木舟给了我。"

"你以前没见过他吗?"

"没有。我告诉你这是一个现代奇迹,就像在侏儒村发生的奇迹一样,像我闯进去阻止那个嗜血的老魔女拿刀砍你一样。"

"我意识到的唯一奇迹就是你赶到所做的一切,如果还有,我可没有看见过。你看到我被蒙住眼睛,等着沃拉拉动用她的刀,是你阻止了她。"

"我没有阻止她。"

"什么?"

"那就是奇迹。"

"我不明白。"

"就在那个女人抓住你的头发,举起刀要杀你时,一根箭镞穿透她的身体,她就倒地死了。然后当我冲进来,武士们开始阻拦我时,他们又有三四个被箭镞射倒了,但是箭镞是从哪里射来的,我根本不知道。我没有看到任何可能会向他们射箭的人。我也不知道是否有人试图帮助我们,还是某些土著人来攻击贝泰特村。"

"或者其他人试图抢走我,"凯丽建议道,"最近我被劫走好多次了,以致我会期待被抢走;可我但愿不是这样,因为他们可能又在跟踪我们。"

"乐观的想法,""老前辈"评道,"但我希望你错了,我也真的认为你想错了,因为如果他们一直在跟踪我们要抓你,他们早就来抓我们了,他们没有等待的理由。"

他们在黑暗中缓慢地走了大约半小时,然后停了下来。"我想我们该休息了,""老前辈"说,"虽然除了小路,没有可以躺下的地方,但是豹子夜间会走小路,小路并不是一张安全的沙发。"

"我们可以试试树上。"她建议道。

"这是唯一的选择,这里灌木丛太密——我们找不到一个能够躺下来的地方,你能爬树吗?"

"我可能需要一点帮助。"

"我先上去,再帮你。"他建议道。

过了一会儿,他发现一根低树枝,爬了上去。"这里,"他一边说,一边向她伸出手来,"把你的手给我。"他毫不费力地把她荡到身边,"待在这里,等我找到一个更舒适的地方。"

她听到他在树上爬了几分钟,然后回到了她身边。"我找到了一块不错的地方,"他宣布,"如果整理一下,就会更好。"他帮她站起来,然后用手臂搂住她,扶着她攀上一根又一根枝杈,一直攀到他找到的隐蔽处。

这是一个大树杈,有三个叉枝,两个横向伸出去,几乎平行。"我可以把它收拾得像普尔曼卧铺列车一样,"他说,"等一下,我去砍几根小树枝。我怎么会在黑暗中偶然碰到它呢?"

"也许又是一个奇迹。"她说。

他们周围长着很多小树枝,"老前辈"没花多少时间就砍够他需要的树枝。他把两根平行放在一起,在上面铺了许多树叶。

"试试看,"他指示道,"虽然不是羽毛床,但总比没有好。"

"太棒了。"她躺在上面伸展放松，几天以来经历的第一次完全放松——精神的放松甚至超过了身体的放松。这也是这么长时间她第一次没有跟恐怖躺在一起。

他在黑暗中只能看见她模糊的模样，但在他心目中，显现出她清晰的轮廓：完美的身形，坚实的胸脯，纤细的腰部，浑圆的大腿，激情又一次像一阵熔金的狂浪席卷了他。

"你去哪里睡？"她问。

"我要去找一个地方。"他哑声回答，却不禁偷偷地向她挪动，他想把她抱在怀里的欲望几近疯狂。

"我很开心，"她睡眼蒙眬地低声说，"我没想到会这么开心，这一定是因为我跟你在一起感到很安全。"

"老前辈"没有回答，突然感到非常冷，好像他的血变成了水，然后一个热浪淹没了他。"她到底为什么要说那些话？"他自言自语，她的话激怒了他。他觉得这不公平，她有什么权利这样说？她跟他在一起并不安全。那只是让他想做的事更难做——从中获得一些快乐。难道他没有冒着生命危险去救她吗？难道她没有欠他什么吗？难道不是因为一个女人做了对不起他的事，所有女人都欠他债吗？

"似乎很奇怪。"她困倦地说。

"什么？"他问。

"你来到我的营地后，我非常怕你；但现在如果你不在这里，我就会害怕。这只是表明我看人看得不准，不过你那时真的不是那么好。你似乎已经改变了。"

他没有回应，只在黑暗中四处摸索，直到找到一个可以安顿下来的地方，他觉得自己因饥饿和疲惫而虚弱。但他并没有放弃自己的企图，他会等到明天，到那时她对他的信心不再那么新鲜，他认为那时自己会更容易得逞。

他把自己楔进一根从树干分叉形成的树丫里，他在那里非常不舒服，但至少在他打瞌睡时跌下去的可能性不大。凯丽就在他上面不远处，她似乎散发出一种气息，将他笼罩在一个甜蜜而痛苦的氛围中。他离她太远，无法触摸她，但总能感觉到她。此时他听到她睡着的正常呼吸。不知何故，这让他想到一个婴儿——无辜的、信任人的、自信的。她为什么这么可爱？为什么有那样的头发？为什么上帝赐给她那样的眼睛和嘴唇？为什么？直到疲倦的大脑不能再抗拒浓浓的睡意，他睡着了。

"老前辈"醒来时，感到浑身僵硬酸疼。天亮了，他抬头去看凯丽。她正坐着看着他。当他们的眼睛相遇时，她微笑了一下。一件小事——甚至只是微不足道的小事往往就能对我们的生活产生巨大影响。如果凯丽不那样笑，这两个人的生活可能会完全不同。

"早安，"她问候道，"你整夜都睡在那个糟糕的位置吗？"

"还不那么糟糕，""老前辈"也向她报以微笑，"至少我睡着了。"

"你给我收拾出一个很好的地方，你为什么不为自己做同样的事情？"

"你睡得好吗？"他问。

"整整一夜。我一定已经累得要死，但最重要的还是摆脱了忧虑，这是从我的脚夫们抛弃我以后，我感到可以自由自在睡觉的第一个夜晚。"

"我很高兴，"他说，"现在我们必须上路了，必须走出这里。"

"我们可以去哪里？"

"我想先向西走，一直走到波伯罗控制的地盘以后，再横转向北朝大河走。我们渡河可能会遇到一些困难，但会找到办法的。目前我更担心的是贝泰特人而不是波伯罗。他的部落是一个河流部落，他们只在离大河不远的地方狩猎，设陷阱。但是贝泰特人在森林里分布很广。对我们来说，幸运的是，贝泰特人不会走很远到西部。"

"老前辈"帮她下到地面，不久他们发现了一条似乎通向西方的小路。他偶尔看见自己认识可以食用的水果便采集起来，这样他们可以边吃边在森林中慢慢走。但他们不能快速前进，因为他俩因食物不足而节食，身体都很虚弱；尽管他们被迫经常休息，但仍继续前进。

口渴一直困扰着他们，而且越来越厉害，他们遇到一条小溪，就停下喝水休息。"老前辈"一直在仔细观察他们走的小路，看有没有侏儒的迹象；但他没有发现人的脚印，于是确信这条小路贝泰特人很少走。

凯丽背靠一棵小树干坐着，"老前辈"躺在可以暗中窥视她侧影的地方。自那天早晨的微笑起，他开始用新的目光看她，由此自私和情欲的分量已经下降了。他现在看到，在她身体魅力闪光的屏障之外，还有超越前者的性格美。现在，他能够体会到那给予她力量去面对这个野蛮世界的忠诚和勇气，为什么？

这个问题使他愉快的遐想猝然结束。为什么？为何呢，为杰瑞·杰罗姆，当然。"老前辈"从未见过杰瑞·杰罗姆。他所知道的有关他的一切只是他的名字，但他却讨厌这个人，带着盲目的嫉妒和强烈的讨厌。

他突然坐起来，大声问："你结婚了吗？"他的话好像从手枪射出一样。

凯丽吃惊地看着他，回答道："没有啊，怎么啦？"

"你订婚了吗？"

"你的问题是不是太私密了？"话里有那天她在营地跟他交谈

时透出的冷峻。

他想,为什么他不可以问呢?难道他没有救了她的命?难道她没有欠他所有的一切吗?然后他意识到他态度粗鲁。"我很抱歉。"他说。

很长一段时间,他坐着凝视地面,双臂交叉抱着膝盖,下巴搁在上面。凯丽目不转睛地看着他,那双平静的灰色眼睛似乎在评估他。自从见到他以来,她第一次仔细审视他的脸。透过蓬乱的胡须,她看到强壮和健康的形象,尽管因贫困和焦虑而显得邋遢憔悴,其实他相貌英俊,也没有她想得那么老。她断定他仍然只有二十几岁。

"你知道吗,"凯丽说,"我连你的名字都还不知道?"

他犹豫了片刻才回答:"那个小伙叫我'老前辈'。"

"那不是一个名字,"她责备地说,"而且你并不老。"

"谢谢,"他承认道,"但是如果一个人像他感觉得那样老,他就是最老的活人。"

"你累了,"她安慰地说,声音像母亲的手在抚摸,"你经历过这么多,而且都是为了我。我想你应该在这里休息得尽量久一点。"也许她回忆起自己最近回答他问题的方式,并对此感到遗憾。

"我没事,"他告诉她,"你应该休息,但这里不安全,不管我们有多疲倦,我们必须继续赶路,直到我们远离贝泰特领地。"他缓缓站起来,向她伸出手。

他抱起她走向对岸,尽管她反对,说他不能过分消耗自己的体力,但他还是抱着她渡过了小溪。他们走上一条更宽的小路,沿着小路可以并排走。他又停下来砍了两根木棒。

"它们会帮助我们跛行向前,"他微笑着说,"我们正在变老,你知道的。"但是他为自己砍的那根一头很沉重,有个结,看起来

"我恨你!" | 181

不像手杖而更像武器。

他们再一次开始疲惫地行走,肘挨着肘。不时手臂相触刺激着"老前辈"浑身的细胞,但杰瑞·杰罗姆的名字使他感到沮丧。有一段时间他们都没说话,各自琢磨着心事。

还是凯丽打破了沉默,她说:"'老前辈'不是名字,我不能叫你那个——那很蠢。"

"这并不比我的真名更糟糕,"他向她保证,"我是以祖父的名字命名的,祖父常常都有很特殊的名字。"

"我知道,"她同意道,"但它们却是很好的真实名称,我的是阿贝尔。"

"你只有一个?"他鼓起勇气问。

"只有一个叫作阿贝尔的人,你的是什么,被命名的名字?"

"海拉姆,但是我的朋友们叫我嗨。"他急忙补充道。

"但是你的姓氏呢?我不能叫你嗨。"

"为什么不呢?我们是朋友,我希望是。"

"好吧,"她同意道,"但你还没有告诉我你的姓。"

"就叫我嗨。"他过了一会儿才说道。

"但是,假设我必须把你介绍给什么人呢?"

"给谁,比方说?"

"哦,给波伯罗。"她大笑起来。

"我已经见过这位绅士,但谈到名字,"他补充说,"我还不知道你的。"

"土著人称我为凯丽。"

"但我不是土著人。"他提醒她。

"我喜欢凯丽,"她说,"叫我凯丽。"

"意思是女人。好吧,女人。"

"如果你那样叫我,我不会回答你。"

"就像你说的呀,凯丽。"过了一会儿,他说,"我自己也相当喜欢这个名字,很可爱。"

随着他们疲倦地跋涉,森林逐渐变得更加空阔,丛林不那么密,树木更加分开。在一个空地上,"老前辈"停下来抬头看太阳,然后他摇了摇头。

"我们一直在向东而不是向南走。"他宣布。

"多么令人失望!"

"我很抱歉,我太愚蠢了,但因为那些该死的树木,我看不见太阳。通常,无生命的物体似乎会装成邪恶的人物,在每个转弯处阻挠人,然后幸灾乐祸。"

"哦,那不是你的错!"她很快喊起来,"我并没有意暗示,你已经做了任何人可能做的事。"

"我会告诉你我们能做什么。"他宣布。

"是什么呢?"

"我们可以进入下一条溪流,顺着溪走,它肯定会在某个地方流入大河。返回到我们横穿的地方是非常危险的,同时我们也可以下定决心为将要进行的一次漫长而艰苦的跋涉做好准备。"

"怎么准备?你是什么意思?"

"我们必须吃东西,除了我们偶尔发现的水果和根茎,我们没有办法获得食物,这些食物不能增强体力进行跋涉。我们必须吃肉,但我们没有办法获得肉,需要武器。"

"附近没有体育用品店,甚至没有五金店。"她随意的、意想不到的乐观让他感到振奋。她从不感叹,也不抱怨。她常常是认真的,就像他们的情况一样;但即使是灾难,加上她几周来承受的所有考验,也不能完全压垮她的精神,也不能摧毁她的幽默感。

"我们必须成为我们自己的军械师,"他解释说,"我们必须制造自己的武器。"

"我们从汤普森机枪开始吧,"她建议道,"如果我们有枪,我应该感到更安全。"

"弓箭和一对长矛是我们能制作的一切。"他向她保证。

"我只想象我可以随时制造机枪,"她承认,"现代女性是多么无用!"

"我不应该这样说。没有你,我不知道该怎么办。"他主动认错说得那么突然,几乎没有意识到是他自己说的话——他是女人的仇敌。但是凯丽意识到了,她微笑了。

"我以为你不喜欢女人,"她非常认真地评论道,"我清楚地记得,这似乎是那天下午你来到营地时,给我留下的印象。"

"别那么想,"他恳求道,"那时我还不认识你。"

"这个口吻听起来完全不像我第一次遇见的那头老熊。"

"不是同一个人,凯丽。"他严肃地用低沉的声音说出这些话。

对女子来说,这听起来像是忏悔和恳求原谅。她不禁把手伸到他臂上。柔软温暖的触感就像火花接触到火药。他转身抓住她,把她拉近,紧贴在自己身上,仿佛把两人合成一个人;同时,在她能够阻止之前,他贴上她的唇,给她一个短暂而激情的热吻。

她打了他一下,要把他推开,喊道:"你怎么敢!我恨你!"

他放开她。他们站着彼此对视,因用力和兴奋而喘息。

"我恨你!"她又说一遍。

他持久地凝视她发光的眼睛,说:"我爱你,凯丽,我的凯丽!"

Chapter 21

尼涩尼在恋爱

因为都垂涎于一只刚成熟的母猿,大猿祖索跟猿王托亚特争吵起来。托亚特是一只强壮的大公猿,全部落最强大的,这是它成为王的绝佳理由。因此祖索在犹豫是否跟它进行一场殊死搏斗,然而,这并不能减少对小母猿的渴望,所以带着它逃跑。又哄骗了几只不满托亚特统治的年轻公猿陪同,它们又带来各自的伴侣,因此形成了新部落。

为寻求和平,祖索搬到了新的狩猎场地,远离与托亚特相遇的危险。它的终生朋友盖亚是陪它同行的一员,盖亚是一只强大的公猿,或许比托亚特更强大。但盖亚性格随和,它只要食物充足,占有伴侣不受干扰,根本不在乎谁是王。

盖亚和祖索是泰山的好朋友,也许盖亚甚至超过祖索,因为盖亚天性友善;所以当它们在刚选的新丛林里遇到泰山时,它们都很高兴;当听到泰山呼救时,它们就赶快跑来帮他,只留下两只守护母猿和小猿。

它们把泰山从小人村搬到远处小溪旁的空地。在这里，它们把他放在树荫下的软草丛中，但是他们无法取掉他手腕和脚踝的铜线。它们尝试过了，内其马也尝试过了，但都无济于事。尽管内其马终于成功地啃掉了捆住泰山手腕和脚踝的绳索。

内其马和盖亚给泰山带来食物和水，这些巨猿保护着泰山，不让觅食的食肉动物接近，但泰山知道这不会持续很久。不久，它们就会照自己的方式前往森林的其他地方，也不会考虑同情或友谊。前者它们知之甚少或毫无觉察，后者不足以使它们自我牺牲。

内其马会留在他身边，给他找来食物和水，但他会没有保护。只要一瞥见鬣狗或豹子，小内其马就会尖叫着逃到树上。泰山绞尽脑汁地想办法，他想到了好朋友大象，但又放弃了，因为大象不会比巨猿更有能力取掉捆绳。大象可以带他走，但去哪里？周围没有朋友可以解开捆住他的铜线。大象会保护他，但如果他必须束手无策地躺在这里，保护又有什么用处，那不过比死亡好一点。

突然，一个主意油然而生，他叫盖亚过来。这头大公猿笨拙地走到他身边。"我是盖亚，"它以巨猿的方式说，"你叫我，我来了，你要做什么？"

"盖亚什么都不怕。"这是泰山打开话题的方式。

"盖亚不怕，"公猿吼道，"盖亚会杀。"

"盖亚不怕黑人，"泰山继续说道，"只有白人或者黑人才能取掉捆住泰山的铜线。"

"盖亚要杀死白人和黑人。"

"不，"泰山反对道，"盖亚要去抓一个来取掉泰山的铜线，别伤害他，把他带到这里来。"

"盖亚明白。"公猿想了一会儿后说。

"现在去吧。"泰山指示说,盖亚没再说话,蹒跚地走了,片刻后消失在森林里。

"小伙"和他的五个随从到达了波伯罗村对面的大河北岸,他们在那里毫不费力就吸引了对岸村民的注意,并用手势告诉对方他们想要渡河。

不久,几条独木舟从村里出来,划上溪流,开始横渡。舟上坐满武士,因为波伯罗不知道来访者的身份或人数,他不敢冒险。索比托仍然和他在一起,虽然没有暗示豹人怀疑他偷了白人女祭司,但总存在加托·姆贡古可能带领远征军来惩罚他的危险。

领头的独木舟驶近"小伙"站的地方后,几个武士认出了他,因为他经常到波伯罗村庄,很快他和他的随从就被带上船划到对岸。

村里没有举行任何仪式迎接他,因为他只是一个可怜的大象偷猎者,带着五个可怜的黑人随从。但最终波伯罗还是屈尊接见他,于是他被带到了酋长小屋,在那里,波伯罗和索比托跟几位村里的长老坐在阴凉处。

"小伙"友好的问候得到一个阴沉的点头作为回应。"你这个白人想做什么?"波伯罗问道。

"小伙"很快就看出了酋长改变的态度,之前,一直很友善。他不喜欢酋长接待时暗示的无礼,并且省略了尊称;但他能做什么?他完全意识到这时自己的无能,虽然让他懊恼,但他却不得不忽略波伯罗用"白人"这个词带给他的侮辱。

"我来是要你帮我找我的朋友'老前辈',"他说,"我的随从们说他进入了加托·姆贡古村,但他从未出来过。"

"那你为什么来找我?"波伯罗问道,"你为什么不去找加托·姆贡古？"

"因为你是我们的朋友，""小伙"回答说，"我相信你会帮我的。"

"我怎么能帮你？我根本不知道你朋友的任何事。"

"你可以派士兵跟我一起去加托·姆贡古村，""小伙"回答说，"那么我可以要求释放'老前辈'。"

"你会付给我什么？"波伯罗问道。

"我现在什么也不付给你，等我们获得象牙，我会付你的。"

波伯罗冷笑了一下，说："我不会派士兵跟你一起去，你来找一位大酋长，不带任何礼物，你反倒要求他给你武士，而你不为他们付任何报酬。"

"小伙"发起脾气，大喊起来："你这个讨厌的老流氓！你不能用那种方式跟我说话，然后就没事了。我会骂你一直骂到明天早上让你清醒过来。"他转过身来，沿着村街走下去，后面跟着他的五个随从。然后他听到波伯罗激动地大喊他的手下抓住他。"小伙"立刻意识到自己的暴脾气带来的困境，他飞快地想着主意，在武士有机会逮捕他之前，他又转回波伯罗的小屋。

"还有一件事，"他站在酋长面前说道，"我已经派了一个信使到下游的守军驻地去告诉他们，我们来你的村庄这件事情和我的怀疑。我告诉他们，等他们带着士兵来时，我会在这里等着他们，如果你想伤害我，波伯罗，请确保你准备了一个好故事，因为我告诉他们我特别怀疑的人就是你。"

他没等到回答，又转过身来，走向村大门，没有人举起手来阻挡他。当他走出村庄时，他不禁笑起来，因为他没有派过信使，也没有士兵会来。

作为鄙视波伯罗威胁的一种姿态，"小伙"在村庄附近建了一个营地，但是他的随从们都忐忑不安。一些村民拿着食物出来，他从几乎用尽的储备里拿出一些布来为自己和随从换了一天的口粮。来访的人中有一个他认识的女孩,她是一个快乐、善良的人,"小伙"跟她交谈时觉得很开心。过去,他送过她一些小礼物,为了自乐跟她说过夸张奉承话,这些都使她单纯的心灵得到满足。

经常带给一个女孩礼物,并对她说她是村里最美丽的姑娘,于是你可能正在为未来不愉快的事情埋下伏笔。你可能只是开玩笑,但女孩可能是认真的。这女孩就是如此,她爱上了"小伙"这件事本应是对他的草率进行的惩罚,但事实上并不是。

黄昏时分,这个女孩又来了,偷偷从阴影下溜过来。女孩突然出现在他的帐篷前,让正坐在那里抽烟的"小伙"大吃一惊。

"你好,尼涩尼!"他大声招呼,"什么风把你吹到这儿?"他突然注意到这个女孩严肃的神态和她明显的兴奋。

"嘘!"女孩告诫道,"别说我的名字。如果他们知道我来到这里,他们会杀了我的。"

"出什么事啦?"

"出了很多事。波伯罗明天会告诉你他会派人跟你一起去加托·姆贡古村,但他们不会去,当他们把你带到河里,看不见村庄时,他们会杀了你和你的手下,把你们扔了喂鳄鱼。然后等白人士兵来的时候,他们会说,他们把你们留在了加托·姆贡古村,白人会去找,但找不到村庄,因为村庄已经被尤腾伽人烧毁了,那里没有人会告诉他们波伯罗在撒谎。"

"加托·姆贡古村被烧了!那'老前辈'怎么样了?"

"我也不知道,但他不在加托·姆贡古村,因为那里没有村庄,我想他已经死了,我听说豹人杀了他,波伯罗害怕豹人,因为他从豹人那里偷走了白人女祭司。"

"白人女祭司,你是什么意思?""小伙"问道。

尼涩尼在恋爱 | 189

"他们有一个白人女祭司,波伯罗把她带回来时,我看到她了,但是阿布伽不让她留下来,叫波伯罗把她送走了。她是一个白女人,非常白,头发是月亮的颜色。"

"那是什么时候的事?""小伙"惊讶地问道。

"三天前,也许四天前。我不记得了。"

"她现在在哪里?我想见她。"

"你见不到的。"

"为什么见不到?"

"因为他们把她送去小人村了。"

"你是说贝泰特人?"

"是的,贝泰特人,他们是吃人的人。"

"他们的村庄在哪里?""小伙"问道。

"你要去那里找那个白女人?"尼涩尼怀疑地问。

女孩问话的口吻给了"小伙"一个暗示,表明使她感兴趣的动机超出了友谊,因为她的语气里有一种毋庸置疑的嫉妒与怀疑。

他把手指放在唇上,小声说:"别告诉任何人,尼涩尼。那白女人是我姐姐,我必须去救她。现在告诉我村庄到底在哪里,下次我来时,我会带给你一个好礼物。"

如果他哄骗女孩,会感到内疚。但他没有,他知道自己在做一件好事,所以很容易拯救自己的良知。因为如果白人女祭司的故事中还有其他隐情,那么作为这个区域唯一知道她困境的白人,他只有采取一种可能的办法去营救她。他曾想过说这个女人是他的母亲或者女儿,但是似乎说是姐姐更合理,就说了姐姐。

"你的姐姐!"尼涩尼惊呼道,"是的,现在我想起来了,她看起来像你,她的眼睛和鼻子都和你很像。"

"小伙"差点笑出来,暗示和想象具有极大潜力。"我们看起来很像。"他承认道,"好吧,现在告诉我,那个村庄在哪里?"

尼涩尼尽可能地描述了雷贝加村的位置。"我要跟你一起去,如果你愿带我的话,"她建议道,"我不想再留在这里,我父亲会把我卖给一个我不喜欢的老人,我要跟你一起去,给你做饭。我会给你做饭直到我死。"

"我现在不能带你去,""小伙"回答,"也许下一次吧,因为这次可能会有战斗。"

"那么就下一次吧,"尼涩尼说,"现在我必须在他们关大门前回到村子里。"

天刚破晓,"小伙"就出发去寻找雷贝加村,他告诉他的随从自己已经放弃了去加托·姆贡古村的想法,他要在大河的这边河岸寻找象牙。如果他告诉他们真相,他们就不会陪伴他。

Chapter 22

身处险境

"老前辈"和凯丽默默走了很久,彼此没有友好地交谈,气氛冰冷。凯丽走在"老前辈"的后面,她的眼光常常落在他身上,她在认真思考,但没透露想法。

他们来到一片舒适的开阔地带,一条小溪蜿蜒流过,"老前辈"在溪旁的一棵大树下停住。"我们要在这里待一会儿。"他说。

凯丽没作声,"老前辈"也没看她,而是立即开始搭建营地。首先,他收集一些枯枝搭起遮棚,又砍来一些绿枝条,以增强支撑力。这样他搭起了一个类似印第安人草屋的框架,用带叶的枝条和草把它覆盖起来。

他干活儿的时候,凯丽帮他,照他的做法做事,但没问他怎么做,他们就这样默默地工作。棚子搭好后,他收集一些木柴生火。其间,她也帮他一起做。

"我们要节省口粮,"他说,"直到我能做出一张弓和一些箭镞。"

这话并没引起凯丽的回应,他继续走他的路,一边寻找合适的材料做武器。他没有走得太远,不敢远离营地,不久他带着能找到的最好的东西回来了。

他用刀做成一把弓,粗糙但实用;然后用一根细长藤条拴起来,像他看见土著人在紧急情况下做的那样。他做好弓后,开始做箭头。他迅速地工作,凯丽注意到他强壮手指的灵巧。有时候她看他的脸,但是有几次,他偶尔抬起头来,她迅速调转目光,不让他看见。

还有其他眼睛从溪流上边的丛林边缘看着他们——一双深凹的、眼眶发红的,藏在毛茸茸眉毛下的野蛮眼睛。但他们都没有意识到这一点,"老前辈"继续他的工作,凯丽继续沉思地研究他的脸,她仍然感觉得到他抱自己的胳膊,吻自己的嘴唇的热度。他有多强壮!她感觉在那短暂一刻他可以像蛋壳一样把她压碎,尽管他野蛮冲动,但他温柔多情。

但是她试图抛开这些念头,只记住他是一个莽汉,一个粗人。她打量一下他的衣服,现在已经不再像件衣服,只不过是一些由上帝关爱之手连在一起的碎片和布头。什么生物胆敢把她抱在怀里!什么东西胆敢吻她!她一回想起来脸就红。然而,她的眼睛再次徘徊在他脸上。她试图只看那蓬乱的胡须,但透过它,她依然能看见他精致的轮廓。她几乎对自己感到生气,便转过头去,避免自己继续胡思乱想;当她这样做时,忽然发出一声尖叫,一下跳起来。

"天呢!"她喊起来,"看!"

一听到她的喊声,"老前辈"就抬起眼睛看。然后,他也跳了起来,对凯丽喊道:"跑!看在上帝的份上,凯丽,跑!"

但她没跑,她站在那里等着,手里握着他为她砍的木棒,她跳起来时抓在手上。"老前辈"也在等,手里拿着更重的大棒。

身处险境 | 193

一只巨大的公猿笨拙地向他们蹒跚走来,此时几乎要走到他们的身边。这是"老前辈"见过的最大的公猿,他迅速向旁边瞥了一眼,惊恐地看到凯丽仍然站在他身边。

"快跑开,凯丽!"他恳求道,"我无法阻止它,但我可以拖住它一会儿,你必须在它抓到你之前就离开,难道你不明白,凯丽?它想要的是你。"但凯丽没移动,而那头野兽正在稳步前进。

"拜托啦!""老前辈"恳求道。

"当我遇到危险时,你并没有逃跑!"凯丽提醒他。

他刚想回答,但还来不及说出来,巨猿就开始攻击。"老前辈"拿大棒猛打,凯丽也冲进来,拿她的棒打。完全无用!那头野兽抓住"老前辈"的武器,从他手上拽下来扔到一边。用另一只手打了凯丽一掌,打得她转了一圈。要不是"老前辈"抓住毛茸茸的手臂阻挡了它的力量,那一掌能打倒一头牛。然后巨猿抓起"老前辈",就像抓起一个布娃娃,朝丛林蹒跚走去。

凯丽因被打击而晕眩,摇晃着站起来,这时只剩下她一人,"老前辈"和野兽都已消失。她大声呼叫,但没有回音。她认为自己已失去意识,但不确定,所以她不知道自野兽把"老前辈"带走后已经过了多久。她试图去追,但不知道他们走向哪个方向。

她愿意跟踪并为这个男子而战,这些话从她脑里冒出来并没带来任何反感。难道他不是叫她"我的凯丽"——我的女人?这个简短的情节在她身上产生了多么大变化!

片刻之前,她一直在想着憎恨他,试图找出他身上所有令人厌恶的东西——他身上的破布和污垢,蓬乱的胡须。此时,她宁愿用一个世界把他换回来,不仅仅是因为她渴望得到保护。

她现在意识到这一点了,也许她也意识到了真相,但如果真的是这样,她并不为此感到羞耻。她爱他,爱这个穿破布条、无

身处险境 | 195

名无姓的男人。

不管命运如何,泰山都会镇静地等待他的命运。他没有浪费自己的精力去努力挣开无法挣开的捆绑,也没有无济于事地抱怨而使自己神经紧张,他只是静静地躺着。

内其马沮丧地蹲在他身旁,世界上总有一些不如意的事,所以内其马应该已经习惯,但它喜欢为自己感到沮丧。今天,它处于沮丧的巅峰,如果豹子一直在追捕它,它也不会感到更悲惨了。

黄昏即将来临,泰山敏锐的耳朵捕捉到走近的脚步声。他在内其马或者巨猿听到之前就听到了脚步声,并发出低声咆哮,通知其他人。一瞬间,这些毛茸茸的巨兽都非常警惕。母猿和幼猿都聚集在公猿身旁,全都静静地聆听。它们闻了闻空气,但风从它们身上吹过,吹向正在接近的动物,所以它们没有发现任何暴露的痕迹。公猿都很紧张,准备好随时战斗或者逃跑。

尽管身体沉重,森林里却静静地突现出一个巨大的身影,是盖亚!它胳膊下夹着一个人形的东西。祖索咆哮起来,它可以看到盖亚,但闻不到它。人们都知道,一个生物的眼睛和耳朵可能会欺骗人,但是鼻子从来不骗人。

"我是祖索,"它咆哮道,露出搏斗的长牙,"我杀!"

"我是盖亚。"另一个一边回答,一边朝泰山的方向走去。

不久,其他巨猿也捕捉到盖亚的气味并且很满意,但"老前辈"的气味让它们恼火并且激怒了它们。它们走上前,咆哮着:"杀死白人!"许多张嘴叫着。

盖亚把"老前辈"带到泰山躺着的地方,毫不客气地把他扔到地上。

"我是盖亚,"它说,"这是一个白人,盖亚没有看到黑人。"

其他公猿都靠近，并急切地盯着这个男人。"老前辈"从未见过这么多巨猿聚集在一起，从来不知道它们长得如此之大。很明显，它们不是大猩猩，它们比他见过的任何猿猴都更像人。他回忆起当地人讲的有关森林里毛人的故事，他过去并不相信。他还看到它们中有个被捆住手脚的白人，无可奈何地躺在地上，起初他并没有认出来，还以为白人也是这些似人一般的野兽的囚犯。它们是多么可怕的生物！他庆幸它们俘虏的是他而不是凯丽。可怜的凯丽！她现在怎么样了？

公猿们正在逼近。对那个男人来说它们的意图也很明显，他认为末日到了。不料，却令他大吃一惊，他听到身边的男人的嘴里发出野蛮咆哮，看到他的嘴唇向上弯起，露出坚实的白牙齿。

"白人属于泰山，"泰山吼道，"不要伤害他！"

盖亚和祖索转向其他公猿，并将它们赶回去，而"老前辈"一直目瞪口呆地看着。他不明白泰山说什么，他几乎不相信泰山跟巨猿交流过，但证据确凿，使他不得不推翻自己的判断，相信事实。他盯着这些毛茸茸的巨兽慢慢从自己身边走开，似乎是非真实的。

"你刚出虎穴，又进狼窝。"一个深沉的声音用英语说道。

"老前辈"把目光转向说话人，声音很熟悉，此时他认出对方了。"你是那个带我离开寺庙里那些麻烦的人！"他大声说道。

"现在我自己陷入麻烦了。"泰山说。

"是我们两个人，""老前辈"补充说，"你认为它们会拿我们怎么办？"

"没什么。"泰山回答。

"那它们为什么把我带到这里来？"

"我告诉它们当中的一个去给我找一个人，"泰山回答，"显然

身处险境 | 197

你碰巧是它遇到的第一个。我没有想到是一个白人。"

"你派出了那个抓我的巨兽？它们按照你的要求办事吗？你是谁，你为什么派它去找人？"

"我是人猿泰山，我需要一个能解开我手腕上铜线的人，巨猿和内其马都解不开。"

"人猿泰山！""老前辈"惊叫起来，"我以为你只是当地民间传说中的一个人物。"他一边说话，一边开始解捆住泰山手腕的线——容易解开的铜线。

"白人女子怎么样了？"泰山问道，"你带她离开了贝泰特村，但我不能和你们一起，因为那些小魔鬼抓住了我。"

"是你在那里！啊，现在我明白了，是你射出的箭镞。"

"对。"

"他们是怎么抓到你的，你又是怎么逃脱的？"

"我在他们上面的一棵树上，树枝断了，我摔得晕了过去，然后他们就捆住了我。"

"那是我离开村庄时听到的断裂声。"

"没错，然后我呼叫了这些巨猿，"泰山继续说，"它们赶来，把我带到这里。那个白人女子呢？"

"那只巨猿来抓我时，她和我正在走向我营地的路上，""老前辈"解释说，"她现在一个人待在那里，把这些线解开后，我可以回去找她吗？"

"我会跟你一起去。那个地方在哪里？你认为你能找到吗？"

"不会很远，不过几英里，但我可能无法找到。"

"我能找到。"泰山说。

"怎么找？""老前辈"问。

"通过盖亚的气味，现在仍是新鲜的。"

"老前辈"点点头,但他不相信。他认为那会是一个缓慢的过程,要沿着巨猿的脚印捕捉气息一路追回到他被抓住的地方。他已从泰山的手腕上取下了铜线,并在解他脚踝上的线。过了一会儿,泰山自由了,他跳了起来。

"来!"泰山指挥道,开始朝盖亚从莽林出现的地方小跑过去。"老前辈"试图跟上他,但发现自己因饥饿和疲惫而虚弱不堪。"你先走吧,"他对泰山说,"我跟不上你,我们不能浪费时间。她一个人在那里。"

"如果我离开,你会迷路的,"泰山反对道,"等一等,我有主意了!"他叫在他们上面的树上荡跃的内其马,猴子跳到他的肩上。"待在白人附近,"他指示道,"向他显示泰山走的路线。"

内其马起先反对,它对白人不感兴趣,但最终它明白必须照泰山希望的那样去做。"老前辈"看着他们喋喋不休,互相在交谈,觉得难以置信,但那个幻景是完美的。

"跟着内其马,"泰山说,"它会引导你走正确的方向。"然后,他沿着"老前辈"看不见的踪迹荡跃前进。

凯丽对自己的绝望处境感到震惊。自从"老前辈"从侏儒村带走她之后,她享受了短暂的安全感,但相形之下她的现状似乎更加无法忍受,此外她还蒙受了个人损失,这在她的危险负担上更增添了悲伤。

她凝视他为自己建造的粗糙棚子,脸颊滚下两行眼泪。她拿起他做好的弓,把嘴唇贴在无知觉的木头上。她知道自己再也见不到他了,一想到这,喉咙就涌上来一阵窒息的呜咽。凯丽已经很久都没哭过了。面对贫穷、逆境和危险,她都表现得很勇敢。而现在,她悄悄走进棚子,完全屈服于自己失控的悲伤。

身处险境 | 199

她把所有事情都搞得一团糟！她要寻找杰瑞的计划因考虑不周而以失败告终；但更糟糕的是，这个计划已把一个陌生人卷进来，并导致他的死亡。因为她的缘故，他不是第一个死的人，还有豹人在捕捉她时杀死了忠实的安德瑞亚；还有沃拉拉、雷贝加及他的三名武士——所有这些生命都因为她顽固的坚持而被扼杀了。大河下游的白人军官和平民曾试图说服她，但她拒绝接受。她有自己的行事方式，但代价太大！此时她正在用痛苦和悔恨偿还。

她在那里躺了一阵，像一个徒劳无用的遗憾的受害者，然后她意识到一味自责毫无用处，便以意志努力控制自己动摇的思想。她告诉自己，绝不能放弃，即使这最终可怕的打击也不能阻止她。她还活着，还没有找到杰瑞，她要继续寻找。她要尝试到达大河，设法渡过河，要找到"老前辈"的营地，并争取他伙伴的帮助。但她必须有食物，有增强体力的肉食，否则，处于体弱状态的她将无法继续。

她此时躺在棚子里，抱着"老前辈"做的弓，这是为她提供获得肉食的手段；带着这个想法，她站起来出去收集箭，现在去狩猎还不算太晚。

她走出这个简陋小棚，却看到了她一直害怕的、在这片森林四处出没的野兽——一头豹子。那头豹子站在丛林边缘望着她，当发现她时，它却卧下来俯在地上，冲着她龇牙咧嘴。然后它开始小心翼翼地朝她爬过来，尾巴蜿蜒地摆动着。豹子完全不需做这些预备动作就能冲过来摧毁她，但它似乎在跟她玩游戏，就像一只猫在玩弄一只老鼠。

豹子越来越近。凯丽在弓上搭上一支箭，她知道对着这个巨大的毁灭机制发射这支小箭是多么徒劳。但她很勇敢，不捍卫到最后一刻，她绝不会放弃。

豹子逼得更近了。她想知道什么时候它会攻击。这时许多往事一一浮现在她的脑海,其中最清晰、最突出的就是一个穿着破衣烂衫的男人形象。

突然,在豹子之外,她看到一个人影出现在莽林中——一个几乎赤身裸体、只裹一块腰布的巨大白人。

她看见他毫不犹豫迅速地向豹子跑去,而那头野兽因为盯着她看,并没有看到泰山。当泰山轻巧地跳过柔软的草地时,没有任何声响。突然,凯丽惊恐地发现泰山没带任何武器。

豹子把身体抬起一点,收拢后脚,即将发动迅速冲击,扑过来咬死她。然后,她看到那奔跑的男人直接从空中跃到这头野兽的背上。她想闭上眼睛,不去看那恐怖的景象,因为她确信豹子会转过身,把猝然赶来的对手撕成碎片。

随后那白巨人的古铜色身体与那只"大猫"的身体纠缠在一起,此后发生的让她惊愕的眼睛难以置信。有斑点的皮和古铜色皮肤,手臂和腿,爪和牙迅速地滚动混合;最突出的是两头嗜血野兽发出的可怕咆哮。令她惊恐的是,她听到不仅"大猫"在咆哮,泰山的咆哮也跟野兽的一样野蛮。

从翻滚的肉体中,她看到泰山突然站起来,手上抓着豹子,他强有力的手指从后面掐住食肉动物的喉咙。这头野兽开始蹬打,挣扎着要从死亡中解脱出来,但不再咆哮。豹子的挣扎逐渐减弱,最后瘫软下去。然后,泰山腾出一只手来扭豹子的脖子,直到颈椎骨扭折。这时他把豹子扔到地上,在尸体上站了一会儿,似乎忘记了凯丽,最后他抬起一只脚踏在豹子身上,这时森林里回响起公猿的胜利呼叫。

凯丽不寒而栗,她想逃离这个可怕的森林野人,然而他已转身面向她。她知道为时太晚,但仍然握紧手里的弓箭。她怀疑用这些东西是否能阻挡，他看上去不是一个容易被吓倒的人。

这时他却跟她讲起话来。"我似乎刚好及时赶到，"他平静地说，"你的朋友不久就到这里。"他补充道，因为他看到她害怕他。人会害怕他，对人猿泰山来说并不陌生，有许多人都害怕他，也许因为这个原因，他已经习惯期待每个陌生人都害怕他。"你可以放下你的弓。我不会伤害你的。"

她把武器放在身边。"我的朋友！"她重复说，"谁？你说的是谁？"

"我不知道他的名字。你在这里有很多朋友吗？"

"只有一个，但我以为他死了，一只巨猿把他带走了。"

"他很安全，"泰山向她保证，"他就跟在我后面。"

凯丽一下瘫倒在地上，低声说道："感谢上帝！"

泰山站在一旁，双臂合抱看着她。她看起来多么娇小，纤细！他奇怪她居然能度过她所经历的一切。丛林之王崇尚勇气，他懂得这个苗条女孩必须具备什么勇气才能经受住她所经历的一切，并且仍能用她旁边草地上的小武器来面对一头攻击的豹子。

不久他听到有人走近，知道是那男子。男子出现时，累得快喘不过气，但他一看见女子就跑过去。"你没事吧？"他喊道。他看到了躺在她身边的死豹。

"没事。"她回答。

对泰山来说，她的态度似乎收敛了，那男子的态度也是如此。他不知道他们分开之前彼此之间发生了什么，他无法猜测各自心里想什么，"老前辈"也不能猜出凯丽心里想什么。作为一个女孩，既然这个男子安全了，她便要试图隐藏自己的真实感情。而"老前辈"则感到拘束。那天下午的事件在他脑里仍然清晰，他耳边仍然响着她痛苦的叫喊："我恨你！"

他简单地告诉她巨猿带走他以后发生的一切，然后他们与泰山一起计划未来。泰山告诉他们，自己会跟他们在一起，直到他们到达男子的营地，或者他会陪他们到下游的第一个守军驻地。但让"老前辈"惊喜的是凯丽说她会去他的营地，并在那里试图组织一个新的野外旅行，要么他陪她到下游，要么陪她进一步寻找杰瑞·杰罗姆。

夜幕降临前，泰山用"老前辈"制作的弓箭捕获了猎物，带着肉来到营地。"老前辈"和凯丽用火烤了分给他们的肉，而泰山坐在一边，用坚实的白牙齿撕咬着生肉。小内其马蹲在他肩上，昏昏欲睡地打着盹儿。

Chapter 23

汇合的小路

次日早晨,他们向大河出发,但还没走出多远,风已转向,吹向北方。

泰山停住脚,用他那敏锐的鼻孔去嗅那告密的微风。

"我们前面有一个营地,"他说,"营地里有白人。"

"老前辈"极目远眺森林,说:"可我什么都看不见。"

"我也看不见,"泰山坦言道,"但是我有鼻子。"

"你能闻出他们吗?"凯丽问道。

"当然,我的鼻子告诉我那里有白人,我认为这是一个友善的营地,但是我们要先看一看,再走近。在这儿等我。"

说完,他荡跃进树林,消失不见了,只剩下"老前辈"和凯丽单独在一起,但他们谁都没说出心中的想法。昨天的矜持仍然沉重地纠缠住"老前辈",他想请凯丽原谅并搂抱她,原谅他大胆地吻她。而凯丽则想要"老前辈"再拥抱她、吻她。但是他们俩却像两个陌生人一样沉默地站在那里,直到泰山回来。

"他们很正常,"泰山宣布,"这是一支由白人军官带领的连队,还有一个平民。来吧,他们可能会帮助你们解决所有困难。"

泰山和他的同伴到达时,士兵们正在营地休息。黑人士兵惊讶的叫声引起了"老前辈"的注意,两个军官和一个平民走上前来迎接他们。"老前辈"一看见那个平民,就发出一声惊喜的欢叫。

"'小伙'!"他大声喊道,而凯丽却擦过他的身边,向前跑去,一边跑一边欢呼。

"杰瑞!杰瑞!"她扑进"小伙"怀里,哭了起来。

"老前辈"的心一下沉了下去:杰瑞!杰瑞·杰罗姆,他最好的朋友!命运竟会如此残酷!

之后,每个人讲述了自己的故事,于是各种意外的遭遇使他们聚集在一起形成了奇异的组合,这得到了合理的解释。

"不久前,"远征队的中尉向凯丽解释道,"我们听到你雇佣的人已经遗弃你的传闻,我们到他们的村庄逮捕了几个人,并了解了整个故事,然后我奉命去寻找你。昨天我们来到了波伯罗村,从一个名叫尼涩尼的女孩那里得知你的下落。我们立刻出发到贝泰特村,在我们返回营地的路上,遇到了这个流浪的迷路年轻人。今天早上你碰巧走到我身边来,确保我成功完成我的使命。现在,除了把你带回文明之外,别无他事。"

"你在这里,还有一件事可以做。""老前辈"说。

"什么事?"中尉问道。

"波伯罗村里有两个知名的豹人。我们三个人在豹神庙里看到他们参加仪式活动。如果你想逮捕他们,这很容易。"

"我当然要逮捕他们,"军官回答,"如果你看见,能不能认出他们?"

汇合的小路 | 205

"绝对能,""老前辈"说,"一个是名叫索比托的老巫师,另一个是波伯罗本人。"

"索比托!"泰山惊叫,"你确定吗?"

"他就是你带着离开寺庙的那个人,那个你叫索比托的男人。我逃跑的那天早晨看见他坐着一条独木舟漂下来。"

"我们会把他们俩都逮捕的,"军官说,"现在这些士兵已准备好出发,我们就走了。"

泰山对凯丽说:"你现在安全了,跟这些士兵一起离开丛林,不要再回来,这里不是一个白人女孩能单独待的地方。"

"别走,"军官说,"我需要你来辨认索比托。"

"你不需要任何人来辨认索比托。"泰山说完,便荡跃到一棵树上,消失不见了。

"猿人就是猿人。""小伙"评论道。

连队向波伯罗村进发,一路上,凯丽和"小伙"走在一起,而"老前辈"沮丧地跟在后面。最后,"小伙"转过身来对他说:"来吧,'老前辈',加入我们吧。我刚刚告诉杰西,昨天晚上在波伯罗村里发生了一件奇怪的事。那里有个女孩叫尼涩尼,你可能还记得。对了,她告诉我有个白人女子被俘虏在侏儒村;我当时显出对白人女子感兴趣并想知道村子的位置好去救她,那个小淘气变得非常嫉妒。我发现她对我很迷恋;所以我不得不赶快解释我为什么对那白人女子感兴趣,我想到的第一件事就是告诉她,那个女孩是我的姐姐。这难道不是巧合吗?"

"巧合在哪里?""老前辈"问道。

"小伙"呆呆地看着他,大声说:"为什么,难道你不明白,杰西就是我的姐姐!"

"老前辈"笑得嘴都合不拢:"你的姐姐!"阳光又灿烂,鸟儿又歌唱。"你为什么不告诉我,你在找你的弟弟?"他问凯丽。

"你为什么不告诉我,你认识杰瑞·杰罗姆?"她反问道。

"我不知道我认识他呀,"他解释道,"我从来不知道'小伙'的名字,他没告诉过我,我也从来没问过。"

"我不告诉你是有原因的,""小伙"说,"但现在没事了,杰西刚刚告诉我了。"

"你看——"她犹豫起来。

"嗨。""老前辈"提示道。

凯丽微微一笑,脸红了。"你看,嗨,"她又开始说,"杰瑞认为他杀死了一个男人,我会告诉你整个故事,因为你和他是这么亲密的朋友。"

"杰瑞爱上了我们镇上的一个女孩。他听说,一天晚上,一个声名狼藉的老男人山姆·伯杰把她引诱到自己的公寓,于是杰瑞赶去闯进了公寓。伯杰非常愤怒,跟他打斗起来,随后杰瑞开枪打了他。然后杰瑞把女孩带回家,发誓要对她的隐私保密。当天晚上杰瑞逃跑了,留下一张字条说他开枪打了伯杰,但没说理由。"

"伯杰没有死,但拒绝起诉,所以案件被撤销了。我们知道杰瑞逃跑了,不是因为害怕受到惩罚,而是因为要保护那女孩的名声。但是我们都不知道他去了哪里,我很久都不知道应该去哪里寻找他。后来伯杰被另一个女孩开枪打死了。同时,我也从杰瑞的一个老同学那里得到线索,知道他来到了非洲。现在他完全没有理由不回家,所以我就到这里来寻找他。"

"结果你找到了他。""老前辈"说。

"我还找到了别的东西。"凯丽说,但"老前辈"没有明白她的意思。

天色已经很晚了,他们才到达波伯罗村,看到村庄处于一种

汇合的小路 | 207

兴奋状态。那个军官指挥士兵直接进入村庄然后四处设防，以便他们能控制可能出现的任何情况。

波伯罗看见"小伙"、"老前辈"和女子，显得十分惊慌，他试图逃离村庄，但被士兵阻挡住。然后军官通知他被捕了。波伯罗没有问为什么，他心里明白。

"那个叫索比托的巫师在哪里？"军官问道。

波伯罗颤抖起来，说："他离开了。"

"去哪里？"军官问道。

"去图姆拜村，"波伯罗回答，"不久以前，一个妖魔来把他抓走了。他从天而降到村里，抱起索比托，好像根本没有重量一样，然后他喊道：'索比托要回到图姆拜村！'他跑出大门后就消失在森林里，任何人都来不及阻止他。"

"有人尝试过吗？""老前辈"咧嘴一笑问道。

"没有，"波伯罗承认道，"谁能阻止精灵？"

太阳西沉，从西边森林后面渐渐落下，余晖映照，滚滚流过波伯罗村的大河水面泛起涌动的粼粼波光。一个男人和一个女人伫立河岸，眺望那河流一路西行，经过长途跋涉流进大海，连接贸易站、城镇和轮船，通过这些脆弱环节把黑暗的森林与文明连接在一起。

"明天你就出发了，""老前辈"说，"在六至八周内，你就到家了！"家，这个简单而温馨的词充满人们渴望的世界。他叹了口气，"我为你们俩感到高兴。"

她走近他，站在他的面前，盯住他的眼睛，说："你要跟我们一起走。"

"为什么？"他问。

"因为我爱你，你会来的。"